STAR OF SHARON

3

# 샤론의 별 3

### 서윤하 판타지 장편 소설

초판 1쇄 찍은 날 § 2001년 7월 5일
초판 1쇄 펴낸 날 § 2001년 7월 15일

지은이 § 서윤하
펴낸이 § 서경석
펴낸곳 § 도서출판 청어람
편집 § 문혜영 · 허경란 · 박영주 · 김희정 · 권민정
마케팅 § 정필 · 강양원 · 김규진

등록번호 § 제1081-1-89호
등록일자 § 1999. 5. 31
어람번호 § 제1-0120호

주소 § 경기도 부천시 원미구 심곡1동 350-1 남성B/D 3F (우) 420-011
전화 § 032-656-4452  팩스 § 032-656-4453
e-mail § eoram99@chollian.net

값 7,500원

ISBN 89-5505-0110-7 (SET) / ISBN 89-5505-113-1 04810

서윤하 판타지 장편 소설

# 샤론의 별
## STAR OF SHARON

# 3
## 하이드랜드

도서출판
청어람

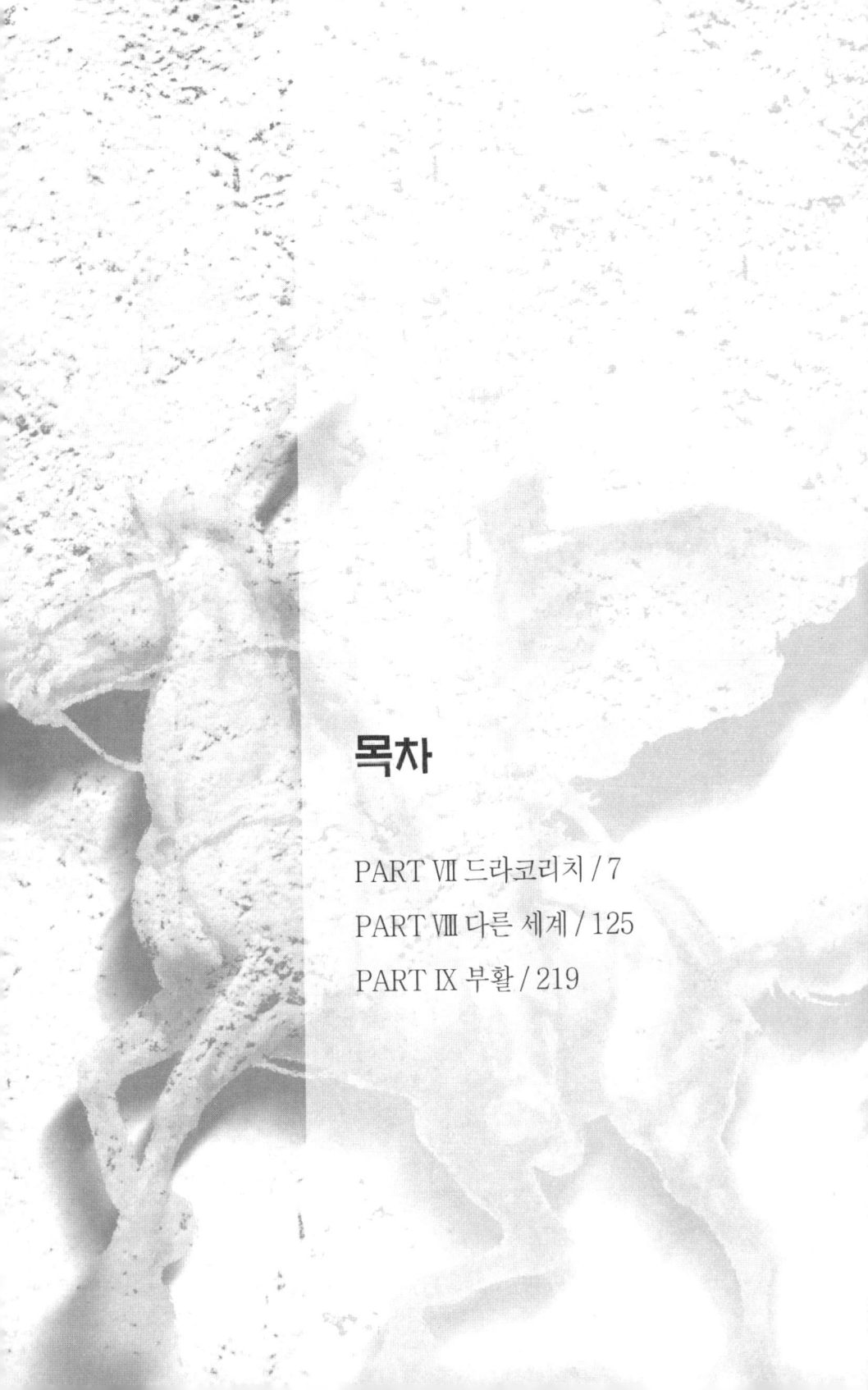

# 목차

# PART Ⅶ
# 드라코리치

(1)



　할아버지를 보면 미안한 마음이 먼저 든다. 내가 드래곤 족의 영토인 하이드랜드에 머문 지도 벌써 3개월이나 지났는데 그동안 하루도 빠지지 않고 나를 찾아온다.

　웃음을 잃은 나를 보며 안쓰러워하는 할아버지의 눈가에는 이슬이 맺히곤 했다.

　강철 같은 스쿠르벤드 대왕의 그 심정을 모르는 것도 아닌데 거짓이나마 환하게 얼굴이 펴지지 않는다. 아버지의 죽음 때만 해도 마음을 굳게 먹고 모른 척 견디어냈지만, 알프레드와 맥슨의 경우는 도저히 버틸 힘이 남아 있지 않았다. 세상에 혼자라는 사실이 나를 암담하게 만들었다. 힘을 길러서 복수를 하고 아버지의 뜻을 세운다는 의욕도 잃어버린 지 이미 오래됐다.

　"정말 가엾이 나."

창밖으로 멀어지는 할아버지의 넓은 등을 바라보며 길게 한숨을 쉬었다.

축 처진 백전노장의 어깨가 수북이 쌓여 있는 낙엽을 밟으며 정원의 숲 사이로 사라졌다.

"산책이나 해야겠다."

요즘은 그나마 내가 살고 있는 작은 저택의 주변을 빙 둘러보는 재미라도 있었다. 방에만 처박혀 있던 어두 침침한 날들에서 벗어나 차가운 바람 속을 거닐면 시원하고 개운한 기분을 느낄 수 있어서 좋았다. 어쩌면 이렇게 점점 지나간 것들을 잊으려고 하는지도 모른다.

"챙길 것은 챙기고……."

나는 천장부터 내려온 엷은 천으로 둘러싸여 있는 침대로 갔다. 그리고는 커다란 베개 밑에 있던 거울을 집어 가슴에 품었다. '헤데지바의 거울'은 알프레드가 남긴 유일한 물건이었다. 전투가 끝나고 벌판에 널브러져 있던 큰 스승과 맥슨의 시체를 거둬 땅속에 눕히면서 거울을 안고 얼마나 울었는지 모른다.

"이 거울을 가슴에 품고 나가면 마음이 든든하단 말야."

방에만 있을 때도 종종 느끼곤 했지만 밖으로 다니면서 누군가 나를 감시하고 있다는 확신을 갖게 되었다. 침대에서 잠을 잘 때도 창문쪽에서 싸늘한 기운이 섬뜩하게 다가오곤 했다. 그럴 때마다 '헤데지바의 거울'을 손에 꼭 쥐면 마치 알프레드가 곁에서 지켜주는 듯한 착각이 들었다. 그러니 밖에 나갈 때도 당연히 거울을 챙기고 있었다.

"오늘은 멀리 가봐야겠다."

순간 한 번도 가본 적이 없는 서쪽 숲을 떠올렸다. 그러자 아치형의 커다란 방문이 얼른 열어주기를 기다리는 듯했다.

"후후후."

갑자기 기분이 좋아졌다. 내 특유의 호기심이 다시 살아나고 있다는 사실이 전율로 다가왔다. 매일같이 우울하고 슬픔뿐이던 머리 속으로 민트 향처럼 산뜻한 싸함이 서서히 스며들고 있었다.

"오늘은 보기 좋구나."

귀에 익은 목소리다.

"누구?"

사방을 둘러보았다.

"항상 그래야지."

"……."

주변에는 아무도 없었다. 한 치의 오차도 없이 방 안의 모든 것들은 세 달 전 나를 맞을 때와 같은 자리에 화려함 그대로 놓여 있었다. 살아 움직이는 것이 전혀 존재하지 않는, 너무나 깨끗하고 하얀 방이었다.

"아냐."

나는 고개를 흔들었다. 너무 뜻밖의 변화에 환청이 들렸을 것이다.

"뭘 입고 나갈까?"

한 번도 입어본 적 없는 외출복까지 챙겨보았다. 그러면서 이 방에 내 옷이 너무 많다는 사실에 입을 다물지 못했다. 이것저것 둘러보다가 그냥 두꺼운 조끼를 걸쳐 입었다. 오후라도 늦가을 날씨는 싸늘했다.

"오늘 같은 날은 우로트고 삼촌이라도 있으면 좋겠다."

다른 삼촌들과는 다르게 셋째 삼촌은 나한테 잘해주었다. 전쟁터에서 돌아오면 꼭 이곳에 들르곤 한다. 그렇다고 우리가 정을 나눌 만큼 특별한 얘기를 나눈 적은 없었다.

우로트고 삼촌은 내 방에 들어서면 은근한 미소로 밝게 인사를 하고는 소파에 앉아 책을 읽던가 침대에 누워 잠을 청하며 자신의 일만 한다. 나 역시 자연스럽게 내 일에만 신경을 쓰면 됐다. 그러다 보면 어느새인가 방에서 나가 버린다. 그러던 삼촌이 언제부터인지 내 가슴에 깊이 들어와 있었다. 요즘 들어 나도 모르게 삼촌을 기다리는 나 자신을 보며 깜짝 놀라는 경우가 자주 생겼다.

"윌리암님, 말을 준비할까요?"

우로트고 삼촌을 생각하며 1층 거실로 내려오자 집사가 다가왔다. 작은 키의 수가르는 눈치가 빠른 중년 남자였다. 그의 까만 눈동자는 항상 바쁘게 나를 따라다녔다.

"아니, 오늘은 그냥 걷기로 하지."

"그, 그러시죠."

내가 말을 많이 했나 보다. 현관 문을 열어주며 뒤로 물러나던 수가르가 말을 잃고 지내던 내가 말을 하자 놀란 눈을 크게 떴다.

밖의 바람이 상쾌했다.

"윌리암의 기분이 밝은 걸 보니 나도 좋다."

"누구야?"

또다시 환청이 들린다. 하지만 이번에도 주위를 둘러보았지만 역시 아무도 없었다.

다만 담쟁이가 친친 감겨 올라간 저택 사이로 바람이 스며드는 듯했다. 덩달아 후드득하며 낙엽이 쏟아졌다.

"……."

나는 키 작은 꽃들이 색깔 별로 치장되어 있는 붉은 담을 돌아 고개를 푹 숙이고 앞으로만 걸어갔다. 하지만 야릇한 미소를 입가에 걸치며 눈동자를 서서히 돌렸다. 오른쪽, 왼쪽을 넘나드는 시야로 바람보다 빠른 파동이 숲으로 들어가는 나를 따라 조심스럽게 움직였다. 분명 첫째 삼촌이나 둘째 삼촌이 보낸 감시자들이다. 하지만 무섭다는 두려움보다 혼자가 아니라는 안도감이 먼저 드는 이유는 그들이 아직까지 나를 어찌하지 못하고 있다는 것에 있었다. 나에게 쏠리는 할아버지의 절대적인 사랑을 정치적인 부담으로 판단하여 만일 나한테 무슨 짓을 한다고 해도 그 뒷감당은 목숨으로 대신해야 한다.

"오늘은 다리 운동을 좀 해야 할 거야."

커다란 나무들이 양쪽으로 길게 늘어선 넓은 길은 끝이 보이지 않았다. 정문과는 반대쪽이라서 그런지 더욱 짙은 그늘이 드리워져 있었다.

"달려볼까?"

서쪽 숲은 할아버지가 내게 주신 영지(領地)였지만 한 번도 가보지 않은 곳이다. 주로 산책 코스는 집 앞에 있는 정원과 연못이 있는 숲 정도가 고작이었다.

"자, 간다!"

나는 땅을 박차고 튀어 나갔다. 그러나 얼마 가지 못해 숨이 턱에 차는 고통을 폐부(肺腑)로 순순히 받아들이고야 말았다. 오랫동안 스스로의 존재를 잊고 멈추어 있던 탓이다.

"어디 있는 거지?"

허리를 숙인 채 숨을 고르던 나는 감시자들의 위치 파악에 신경을 곤두세웠다. 주변은 나무들이 울창해서 그들을 찾기란 더욱 힘들었다.

"다시 한 번 가자고."

나는 어느 정도 가슴이 가라앉자 다시 뛰었다. 그러다가 숨이 밖으로 거칠게 튀어나오면 멈추고 조금 쉬었다. 이러기를 연거푸 몇 번 하자 3층짜리 저택의 지붕이 나무에 가리어 겨우 보였다. 생각보다 꽤 멀리 나와 있었다. 주변을 둘러보니, 달려올 때는 몰랐는데 꽤 깊은 산속의 분위기를 느끼게 하기에 충분했다.

"우리를 찾나?"

사내들이 두리번거리는 내 앞에 모습을 드러냈다. 세 명 모두 신분을 감추기 위한 수단으로 후드를 깊게 눌러쓰고 있었다.

"후후후, 쥐새끼처럼 숨어 있더니 드디어 나왔네."

"샤론 족의 주둥이라 역시 거칠군."

그동안 판단하던 감시자의 모습이 아니었다.

"내가 누군지 모르는 것은 아닐 텐데?"

슬쩍 겁을 줘보았다.

"너무 잘 알아서 탈이지."

사내들은 물러나지 않았다. 후드 속에서 싸늘한 눈빛이 흘러나왔다.

"마치 내가 이리로 나오기를 기다렸던 것 같군."

"후후후, 자그마치 세 달이나 기다렸지."

처음 하이드랜드에 왔을 때 보았던 큰삼촌과 둘째 삼촌의 얼굴이 떠올랐다. 삼촌들은 나를 그때부터 감시하고 있었으며 기회를 봐서 없애려고 했나 보다.

"나를 어떻게 할 거지?"

"그 정도 머리는 되는 줄로 알고 있다."

점점 다가오던 사내가 나의 멱살을 잡아챘다. 몸을 비틀어 반항을 해보았지만 쓸모없는 짓임을 금세 깨달았다. 놈의 완력은 한번에 몬스터도 때려눕힐 수도 있을 정도로 강하였다.

"어서 움직이자."

다른 사내들이 손을 묶고 자갈을 입에 물리더니 커다란 자루에 나를 집어넣었다. 그나마 뿌옇게 보이던 바깥 세상의 빛이 부스럭하는 소리와 함께 깜깜하게 변했다. 놈들이 숲으로 들어가는 듯했다. 출렁거리는 속도가 빨라지며 어디론가 급히 달려가고 있었다. 하지만 죽는다고 생각해도 두렵지는 않았다. 요즘 들어 조금씩이나마 마음을 가라앉히고는 있었지만 혼자라는 외로움을 지울 수 있을 정도는 아니었다. 이대로 죽어 아버지나 다른 동료들이 있는 곳으로 간다 해도 억울할 것이 없었다.

"놈을 꺼내라."

얼마나 왔는지 짐작은 되지 않았지만 이제 나를 없앨 시간이 된 것 같다.

"우리를 원망하지는 말아라."

"할아버지가 그냥 두지 않을걸."

자갈을 풀자마자 내가 쏘아붙였다.

"이곳에서 죽으면 아무도 모를 거야."

"후후후, 아무렴."

다른 사내가 음흉하게 웃었다.

"여기가 어딘 줄 아나?"

"……?"

휘날리는 낙엽에 가리어 하늘도 보이지 않았다. 오로지 나무들만 빽빽이 자리 잡고 있을 뿐 길은커녕 도망갈 틈도 없었다.

"스쿠르벤드도 우울증에 걸린 손자가 도망간 줄 알겠지."

가운데 있던 사내가 다가왔다.

"무척이나 슬퍼하겠지."

"원래는 시체라도 보내줘야 예의인데 말야."

사내들은 한마디씩 내뱉으며 날카로운 대거(Dagger)를 꺼내 들었다.

"너희들, 정체가 뭐지?"

후드에 가려 보이지는 않았지만 드래곤 족은 아닌 듯했다. 만일 드래곤 족이었다면 할아버지를 저렇게 부르지는 않는다. 갑자기 할아버지의 신변이 불안해졌다.

"나중에 너희 할아버지에게 물어봐라."

"후후후."

"후후후."

사내들은 할아버지까지도 노리고 있는 듯했다.

"설마 삼촌들이?"

"궁금한 게 많으면 죽기가 힘들지."

"……."

"그만 끝내자!"

잠시 뜸을 들인 사이 한 사내가 내 목에 칼을 들이밀었다. 차가운 기운이 오싹했다.

"이해를 못하겠네."

나의 담담한 말투에 목을 그으려던 사내가 손을 멈칫했다.

"뭘?"

"나를 죽여서 남는 게 뭐지?"

"정말 궁금한 게 많은 아이군."

"누군지 몰라도 판단을 잘못한 것 같아. 나처럼 힘없는 꼬마가 뭘

한다고."

"그것도 지옥에 가서 물어봐라!"

사내가 재차 칼을 옆으로 힘껏 그으려는 찰나였다.

"멈춰라!"

묵직한 남자의 음성이 숲 속에 울리는 순간 강한 충격파가 연이어 터지며 주변을 압도했다.

펑펑펑!

"으헉!"

내 목에 칼을 대던 사내가 외마디 비명을 남기고 뒤로 날아갔다.

"어, 어떤 놈이냐?!"

다른 동료들이 정신을 잃고 널브러져 있는 사내를 추스르며 긴장했다. 그러나 나를 구해준 남자는 모습을 드러내지 않았다.

"으음."

나는 짧은 신음을 뱉으며 가슴으로 손을 가져갔다. 뜨거운 기운이 온몸으로 번져 갔다. 그 기운이 파생된 곳은 '헤데지바의 거울'이었다.

"누구도 내 몸에 손대지 못한다!"

감시자를 쓰러뜨린 남자의 목소리는 내 몸에서 나오고 있었다.

"저놈이?!"

사내들은 나를 멍하니 바라보았다.

"이제 보니 보통 놈이 아니구나."

"알았다고 해도 이미 늦었다."

나는 가슴을 내려다보았다. '헤데지바의 거울'에서 소리가 나오다니… 믿을 수가 없었다.

"잔인하게 죽여주마."

"능력껏 해보시지."

거울이 대응해서 계속 지껄이자 사내들은 내가 말하는 줄 알고 더욱 눈을 부라리며 말했다.

"윌리암! 죽을 각오나 해라!"

"흥! 할 수 있으면 해봐!"

두 명의 사내가 간격을 벌리며 서로에게 눈짓을 했다.

"간다!"

"죽어라!"

양쪽에서 번쩍한 푸른 섬광(閃光)이 엇갈리듯 속력을 붙여 다가왔다. 정말 눈 깜빡할 사이였다. 놀랄 틈도 없이 사내들의 비수가 얼굴과 배로 갈리어 날아왔다. 그러나 내 몸에 붙어 있던 남자의 목소리는 이번에도 사내들을 용서하지 않았다.

"물러나라!"

씹어뱉는 음성과 함께 가슴이 쪼개지는 듯한 고통이 엄습했다.

"으읍!"

나도 모르게 입술을 깨물었다. 하지만 그보다 빨리 노란 빛 줄기가 '헤데지바의 거울'에서 파동을 일으키며 쏟아져 나왔다.

쏴아아아아아!

"으아악!"

"커억!"

노란 빛 줄기에 묻혀 버린 사내들은 처절한 신음 소리를 냈다.

"이럴 수가……."

"살려줘!"

가슴을 짓누르는 고통이 너무 커서 자세히는 볼 수 없었지만, 노란 빛 줄기 속에 갇혀 있던 사내들이 점점 줄어들고 있는 것을 볼 수 있었다. 그러다가 고통이 사그라질 때쯤 되자 그들의 모습은 전혀 보이지 않았다.

"휴우!"

사내들이 사라지고 가슴이 다시 편해지면서 '헤데지바의 거울'도 얌전해졌다. 나무들이 빽빽이 깔린 숲도 아무 일 없었다는 듯 고요만이 넘쳐흘렀다.

툭!

전부 해진 조끼의 가슴팍을 뚫고 거울이 밑으로 떨어졌다.

"저건……."

나는 사내들이 있던 자리에서 뿌얗게 피어오르는 연기를 바라보았다. 감시자들은 전부 녹아서 땅속으로 스며든 것 같았다.

"알프레드, 고마워."

거울을 집어 들며 큰 스승을 떠올렸다. 비록 죽어 이 땅에서 함께하지는 못하지만 나를 위하는 그의 마음은 충분히 느낄 수 있었다. 위기에 맞추어 드워프들의 보물인 '헤데지바의 거울'이 굉장한 능력을 발휘한 것이라도, 그것은 모두 알프레드 손길이 틀림없었다.

그렇게 생각하자 그동안 나를 괴롭히던 외로움이 사라져 갔다. 허상으로 그려보던 큰 스승의 존재가 오늘 눈앞에서 보인 것이다. 하지만 고개를 갸웃거려야 했다. 거울이 말을 하다니, 믿을 수가 없는 일이다.

전에는 한 번도 경험한 적 없는 일이었다. 더군다나 나를 구해준 남자의 음성은 방에서 들었던 환청(幻聽)하고 거의 비슷했다. 거울은 주인이 아니면 말을 듣지 않는데 나를 구해준 그 사내는 과연 누구일까? 어떻게 거울을 이용해서 감시자들을 없앴는지 알 수가 없었다.

"도저히 모르겠다."

거울을 들여다보며 고개를 갸웃거렸다.

"모르긴 뭘 몰라. 바로 나지."

"나라니?"

슈슈슈슈!

뽀얀 안개가 거울 안에서 가물거렸다.

"앗!"

물결이 흐르듯 안개가 밖으로 퍼져 나오며 얼굴 쪽으로 몰려들었다. 나는 황급히 손으로 안개를 걷어내며 거울을 들여다보았다.

"이건?"

커다란 입이었다. 손바닥만한 거울 전체를 두툼한 입술이 가득 메우고 있었다.

"윌리암."

정체를 알 수 없는 입술이 움찔거리며 내 이름을 불렀다.

"그동안 지켜보면서 얼마나 답답했는지 모른다."

"무슨 소리야?"

거울하고 대화를 하다니 남들이 보면 기절할 일이었다.

"슬픔에 잠긴 너에게 어떤 말도 못해주는 내 심정이 오죽했겠냐."

"거울이 말을 하다니… 믿을 수가 없어."

"나도 그렇다."

"그런 얘기는 나중에 하고, 우선 당신이 누구인지부터 밝혀봐."

남자의 음성이 나를 위하든 말든 일단은 거울 속의 입이 누구 것인지 알아야 했다.

"그래, 나는 말야……."

입술이 점점 작아지면서 코가 보이고 코 위로 다크블루의 눈동자가 나타났다. 확실하지는 않지만 잊지 못할 얼굴이 드러나고 있었다.

"알프레드……?"

"그래, 나야."

노랑머리까지 완전히 모습을 나타낸 남자는 큰 스승 알프레드였다.

"정… 정말 알프레드야?"

"그렇다니까."

내 턱이 아래로 떨어졌다.

"어떻게 이런 일이?!"

"나도 놀라고 있다."

"그럼 살아 있는 거야?"

알프레드를 다시 볼 수 있다는 반가운 마음보다 있을 수 없는 현실이 더욱 궁금했다.

"살아 있는 것은 아닌데……."

"그럼?"

거울 속의 알프레드도 설명을 못하고 입맛을 다셨다.

"거울 밖으로는 나오지 못하는 거야?"

"글쎄."

"나올 수 있으면 나와봐."

내가 알프레드에게 주문을 하자 거울에서 환한 빛이 쏘아지며 사람의 윤곽이 흐릿하게 나타났다. 그러나 사내의 모습이 확실히 자리를 잡았어도 그의 몸은 투명했기에 뒤쪽의 배경을 몸을 통과해 전부 볼 수 있었다.

"알프레드……!"

"어라? 밖으로 나왔네."

주변을 둘러보는 일프레드의 목소리가 커졌다.

"혼자서는 안 되더니 윌리암이 부르니까 밖으로 나와지네."

"정말 어떻게 된 거야?"

"보다시피 내 몸은 이미 죽었어. 하지만 영혼만은 '헤데지바의 거울'에 갇힌 것 같아."

"갇혔다고?"

"주인이던 나를 영원히 죽지 않게 만든 거지."

"보통 보물과는 다르다는 것은 알았지만 그 정도인 줄은 몰랐네."

"더욱 신기한 것은, 내 영혼이 들어간 후에 거울의 능력이 좀 전에 본 것처럼 매우 강해졌다는 거야. 거울도 나를 통해서 살아 있는 존재가 된 거지."

나는 그제야 머리 속의 경황이 없던 사태를 수습하고 기쁨을 느낄 수 있었다.

"아무튼 이제부터는 알프레드를 이렇게라도 볼 수 있는 거지?"

"물론이지."

"야호!"

하이드랜드에 머물면서 최고로 기쁜 날이었다.

(2)

    알프레드는 '혜데지바의 거울' 안에서 웃음을 잃고 축 처진 나를 볼 때마다 어쩔 줄을 몰랐다고 했다. 자신의 존재를 알리려 별의별 짓을 다해도 알리지 못해서 더욱 안타까웠지만 다른 수기 없었단다. 자신의 말이 전해진 것도 오늘이 처음이었다. 하기야 나도 그동안 거울 속에 있던 알프레드를 보지 못했다. 아마도 그의 영혼이 거울에 갇히고 적응해야 하는 시간이 어느 정도 필요했던 것 같다.

    이런저런 사정 얘기를 포함해서 우리는 많은 것들을 순서없이 떠들어댔다. 그중 아버지의 뜻을 세워 이 땅에 자유와 평화를 찾아야 한다는 의견을 맞출 때는 피가 끓어올랐다.

"여기가 어딜까?"

"사람이 다닌 흔적이 없구나."

거울에서 나와 나하고 어깨를 나란히 하고 걷고 있는 알프레드의 얼굴에 수심이 가득했다. 현실로 돌아온 그는 불길한 생각이 드는 모양이다. 빽빽이 자라나 있는 나무들 틈에서 사람들이 다닐 수 있는 공간은 찾아볼 수 없었다. 영혼뿐인 알프레드에게는 거칠 것이 없었지만 나는 겨우겨우 발을 앞으로 디디고 있었다.

"하이드랜드에서 사람이 다니지 않은 곳은 드래곤의 영지뿐이야."

알프레드가 주변을 둘러보며 아는 체를 했다.

"드래곤의 영지?"

"수많은 종류의 드래곤이 신과의 약속을 지키기 위해 이곳에서 살지."

"그럼, 여기가 드래곤들이 사는 곳이란 말이야?"

"아무래도 그런 것 같다."

그때 커다란 포효가 밤을 알리는 신호처럼 까맣게 들렸다.

"카아악!"

하늘이 검은색으로 바뀌며 나뭇가지들이 쉬지 않고 낙엽을 털어냈다.

"윌리암, 조심해라!"

"드래곤이다!"

나는 하늘을 쳐다보았다.

휘이이익!

순식간에 검은 그늘이 땅 위를 훑고 지나갔다.

"어느새 사라졌네."

"워낙 빠른 놈들이니까."

"한번 만나보고 싶다."

알프레드가 내 곁에 있어서 든든해서 그런지 드래곤의 존재가 두려움보다 호기심으로 강렬하게 다가왔다.

"만나더라도 제발 보석 드래곤(Gem Dragon)이면 좋겠다."

"맞아."

"윌리암은 드래곤에 대해서 알아?"

큰 스승은 나에게 드래곤에 대해서 가르쳐 준 적이 없었다.

"엄마한테 들어서……."

나는 엄마라는 말이 목구멍에 걸리는 것을 느꼈다.

"그렇구나."

알프레드의 촉감없는 손등이 내 어깨에 얹혀졌다.

"후후후, 미안하군."

"어?"

언제 나타났는지 숲의 어둠 속에서 우리 앞을 막아서는 커다란 덩치가 있었다.

"보석 드래곤이 아니라 어떡하지?"

두 개의 뿔과 거친 피부를 가진 전형적인 드래곤의 모습으로 천천히 다가오는 놈은 온통 검은 색이었다. 날개를 활짝 펴고 이슬렁거리는 발걸음이 우리에게 위협을 주기 위한 과장된 몸짓 같았다.

"윌리암, 조심해라. 블랙 드래곤이다."

우리 앞을 막고 나선 것은 색깔 드래곤(Chromatic Dragon) 중에서도 입버릇이 사납고, 금방 화를 내며, 침입자를 보면 절대 참지 못한다는 블랙 드래곤(Black Dragon)이었다.

"이런 곳에서 살 수 있는 드래곤은 나밖에 없지."

블랙 드래곤은 음침한 환경, 짙은 밀림을 좋아했다. 그들은 다른 드래곤들처럼 똑똑한 편은 아니지만, 그래도 본능적으로 교활하고 악의에 가득 찬 행동을 잘했다.

"와이번하고는 조금 다르구나."

나는 험악한 드래곤을 대했지만 겁보다는 궁금증이 더 많이 일어났다. 그러나 블랙 드래곤은 나에게 별로 호감을 나타내지 않았다.

"너희들은 내 땅에 들어온 침입자가 맞지?"

"아니, 우리는 여기 끌려온 거야."

"이제 와서 변명을 하다니 남자답지 않군."

"변명이 아니고 정말이야."

드래곤은 우리를 이리저리 살피기 시작했다.

"꼬마는 사람이 분명한데 노인은 온기(溫氣)가 없구나. 혹시 마법사인가?"

"마법사는 아니고 영혼이지."

"죽은 사람의 영혼이 이 숲을 거닐고 있단 말이군."

이해할 수 없다는 표정이었다.

"내 이름은 윌리암이라고 해."

드래곤이 잠시 뜸을 들이는 사이 나는 얼굴을 밝게 하고 웃음을 보여줬다. 머리가 나빠서인지 알프레드에 대해서는 금세 잊은 것 같았다.

"너도 드래곤 족은 아닌 것 같은데?"

"윌리암은 스쿠르벤드 대왕의 손자야."

알프레드가 내 소개를 대신해 주었다.

"스쿠르벤드의 손자라고?"

"그래."

나는 고개를 끄덕였다.

"스쿠르벤드의 자식들 중에 다른 종족하고 짝을 맞춘 놈은 없는 걸로 아는데?"

"윌리암은 외손자야."

또 한 번 알프레드가 설명을 했다.

"아하!"

나를 유심히 살펴보던 드래곤이 잊었던 기억을 되찾은 듯 탄식을 했다.

"족장 늙은이의 딸이 샤론 쪽 놈하고 어딘가로 도망갔다고 하더니, 이런 자식을 낳아서 보냈구나."

"그런 식으로 함부로 말하지 마!"

할아버지를 무시하는 말투를 듣자 머리가 화끈거렸다.

"후후후, 꼬마가 기분이 상했나 보군."

"우리의 정체를 알았으면 이곳에서 빠져나갈 방법을 가르쳐 주게."

알프레드가 나섰다.

"정체를 알았다고 해도 내 땅에 들어온 이유를 알아야겠다."

"아까도 얘기했잖아. 우린 그냥 나를 감시하던 사내들에게 끌려온 거야."

"그렇다면 그 사내들은 어디 갔지?"

"그게……."

내가 어떻게 설명을 해야 할지 생각이 나지 않아 머뭇거리자 알프레드가 곧바로 문제의 핵심을 짚고 들어갔다.

"그런 건 중요하지 않아. 그냥 이대로 우리를 무사히 보내주면 스쿠르벤드 대왕이 감사할 걸세."

"후후후."

그러나 블랙 드래곤은 큰 스승의 의도와는 다르게 가소롭다는 웃음만 흘릴 뿐 무덤덤한 반응을 보였다. 그러나 알프레드는 이에 굴하지 않고 더욱 강하게 밀어붙였다.

"어서 우리를 보내주게!"

"나는 그 늙은이의 오랜 조상 때부터 이곳에서 살아왔어. 백 살도 못 사는 연약한 인간들의 감사 따위는 크게 신경 쓰지 않아. 지금 내가 원하는 것은 어떻게 내 땅에 허락없이 들어왔는지 너놈들의 입으로 직접 듣는 거야."

블랙 드래곤이 내 앞으로 더욱 다가왔다.

"드래곤 족의 대왕이 직접 감사한다면 자네한테는 큰 도움이 될 텐데, 내 말을 제대로 이해하지 못하는군."

"흥! 무슨 도움이 된다는 거지?"

블랙 드래곤이 콧방귀를 뀌었다.

"드래곤 족은 자네같이 저질스런 드래곤은 손톱에 낀 때로도 생각지 않아. 드래곤 족의 족장들은 오로지 언데드 드래곤인 드라코리치만을 섬기지."

"그래서?"

블랙 드래곤이 인상을 찡그렸다. 알프레드의 말이 신경에 거슬렸는지 두꺼운 가죽까지 부르르 떨렸다. 그러나 큰 스승은 차분히 할 말을 다했다.

"다른 드래곤들은 드라코리치의 명령을 받아야 하지. 만일 복종하지 않으면 그 한 많은 생을 마감해야 하잖아? 뿐만 아니라 드라코리치를 섬기는 드래곤 족에게 부당한 짓을 한 드래곤도 살아남지 못하지. 하지만 반대로 드래곤 족들의 존경을 받는다면 드라코리치도 많이 생각해 주겠지. 자네의 소원을 한 가지 정도는 들어줄 수도 있을 테고 하다못해 영토라도 넓혀주겠지."

"후후후."

드래곤이 쓴웃음만 억지로 흘렸다.

"윌리암은 집 근처를 벗어나지 않는 아이지. 납치된 것은 생각도 못하겠지만 흔적도 없이 사라졌으니 분명히 스쿠르벤드 대왕은 하이드랜드 전체를 뒤지고 있을 거야. 물론 드라코리치에게도 갔겠지. 조금 있으면 연락이 올걸?"

"드래곤에 대해 많이 아는군."

"이 대륙에서 지식만으론 알프레드를 따라갈 사람은 없어."

내가 어깨를 으쓱하며 말했다.

"자네는 아는 것을 다 풀고 죽지 못한 고스트군."

"후후후, 그럴지도 모르지."

블랙 드래곤은 알프레드를 유령으로 알았다.

"나도 그냥 죽기에는 억울할 정도로 한이 많이 남은 사람이니까."

"흥! 고스트 따위가 감히 살아 있는 우리 일에 참견을 하다니, 건방지군."

"죽지도 못하는 드래곤의 일인데 누가 침견한들 어떤가?"

드래곤들은 몇천 년을 사는진 모른다. 그들은 그 오랜 세월의 지루함을 달래기 위해 여러 가지 짓거리를 하곤 했다. 사람을 데리고 놀다가 죽이거나 따라다니며 못살게 구는 것도 장난의 한 종류였다.

"좋아!"

"길을 가르쳐 줄 텐가?"

"안 가르쳐 줄 수도 없잖아."

포기한 표정이다. 일그러진 얼굴이 가관이었다.

"고맙군."

"할 수 없이 가르쳐 주는 것이니까 너무 그럴 건 없어."

"후후후."

이해할 수 있었다. 자신들에 대해서 너무 잘 아는 존재가 영원히 죽지 않는 고스트니 언젠가는 지금의 행동이 탄로날 것이 걱정이 됐을 것이다.

"나중에 스쿠르벤드를 보면 얘기나 잘해주게."

"그러지."

블랙 드래곤은 친절하게 숲의 보이지 않는 길을 손짓까지 해가며 설명했다. 그들이 가지고 있는 교활하고 악의가 짙은 모습은 없었다. 알프레드의 협박 아닌 협박이 통했나 보다.

"이제 떠나게."

"정말 이리로 곧장 가면 길이 나온단 말이지?"

"물론이야."

나와 알프레드는 별로 의심하지 않았다. 길을 모르는 처지라 어차피 어디로 가든 마찬가지였지만 잘 보이지도 않는 검은 미소를 띠며 배웅까지 하는 블랙 드래곤이 진실해 보였던 것이다.

"나중에 인연이 되면 또 보자고."

"잘 가게."

우리는 서로 인사를 하고 헤어졌다.

"의외로 쉽게 놈에게서 벗어났다."

"그거야 알프레드 말대로 목숨을 잃을까 봐 그런 거겠지."

"말은 내가 그렇게 했어도 놈들은 그런 일을 두려워하지 않아."

"어째서?"

나는 얼른 이해가 가지 않았다. 블랙 드래곤이 호기를 부렸지만 결국은 그들의 왕인 드라코리치가 두려워서 알프레드의 협박에 넘어간 걸로 보였다. 그런데 큰 스승은 아니라고 한다.

"놈들이 정말로 두려워하는 것은 따돌림을 당하는 거야."

"따돌림?"

"드래곤들은 개개인적으로 전부 능력들이 뛰어나지. 아무리 드라코리치라도 함부로 할 수 없는 존재들이야. 다만 미움을 사서 그 오랜 세월을 숨어 지내야 하는 처지가 된다면 스스로 미쳐 버려."

"맞아, 나도 그런 적이 있었어."

샤론 족의 병영 생활이 떠올랐다. 일부러 그런 것은 아니지만 마법이나 검술을 멀리했던 내가 또래 친구들과 어울리지 못하고 내 스스로 따돌림을 자청했던 그 시절의 나는 싸움이 끝나야 찾아주는 맥슨과 항상 걱정스러운 눈빛으로 나를 지켜주던 알프레드를 빼놓고는 누구도 알아주지 않는 외톨이였다. 이제는 다시 돌아갈 수 없는 소중한 기억이지만 당시에는 도망이라도 치고 싶을 정도로 너무나 따분한 나날들이었다.

"원래 드래곤들은 자기민의 독특한 삶을 즐기기 위한 방법으로 같은 영역에서 살지를 않았어. 하지만 신의 보물을 맡으면서 모두 함께하게 된 거고, 그 이후로 무리에서 떨어지면 혼자만 소외된 기분으로 아무것도 못하게 됐지."

"역시 대단해."

나는 변하지 않은 알프레드의 모습을 넋 놓고 바라봤다. 무엇인가 가르쳐 줄 대상이 있으면 끝을 보고 마는 성격은 영혼만 남은 지금도 여전했다.

"그런데 이상하네."

"뭐가?"

알프레드의 뿌연 환영을 따라서 그 자리에 멈추었다.

"점점 산속으로 들어가는 기분이야."

"그러게."

얘기를 듣는 데만 정신을 팔고 있던 나는 그제야 주위를 둘러보았다.

"나무들도 더 촘촘하게 서 있고."

"어째 블랙 드래곤이 장난을 친 것 같다."

"정말?"

"워낙 교활한 놈인데다 우리 같은 침입자를 너무 쉽게 보내준 게 이상하단 말이야."

깊은 숲이었지만 새소리 하나 들리지 않았다. 고요만이 까맣게 타고 있었다.

"뭔가 나올 것만 같고 으스스하다."

"후후후, 이럴 땐 죽어 있는 게 낫구나."

알프레드는 영혼뿐이니 아무것도 느끼지 못하고 있을 것이다.

"멈춰라!"

두 개의 빨간 구슬이 반짝이며 나타난 것은 알프레드가 숲 속을 살펴볼 때였다.

"누구냐?"

"캬아악!"

빨간 구슬은 대답 대신 큰 소리로 포효를 했다.

"건방진 것들."

"나는 스쿠르벤드 대왕의 손자인 윌리암이다."

블랙 드래곤도 할아버지 이름을 듣고는 꼼짝 못했기 때문에 나는 그렇게 말해 보았다. 하지만.

"늙은이의 이름 따위는 필요없다. 캬아악!"

또 한 번의 거대한 소리가 사방에서 울리며 지축이 흔들렸다. 그러자 어둠에 묻혀 있던 붉은 구슬이 앞으로 나왔다. 깜깜해서 자세히는 볼 수 없었지만 조금씩 새어 들어오는 빛 줄기에 나타난 드래곤은 풀과 같은 색깔의 몸통과 붉은 눈을 가지고 있었다.

"이런! 그린 드래곤(Green Dragon)이다!"

"블랙 드래곤보다 더 나쁜 드래곤이야?"

"물론이지."

알프레드가 속삭였다.

"나는 파이투라스라 한다."

그린 드래곤이 자신의 이름을 밝히며 얼굴을 우리에게 들이밀었다.

"이곳에 들어온 이상 나갈 수는 없다."

"우리가 일부러 여기 온 것은 아냐."

내가 퉁퉁거리며 대답했다.

"이유는 상관없다."

"이건 순전히 블랙 드래곤 때문이라고."

"사리츠우스가?"

"이름은 모르고 밖으로 나가는 길이라며 이쪽을 가르쳐 줬어."

"그 교활한 놈이 뭣 때문에……."

잠시 생각에 잠겼던 그린 드래곤이 뚫어지게 나를 쳐다보았다.

"선하게 생긴 아이구나."

"쓸데없는 생각은 거두시지."

알프레드가 나를 위 아래로 훑어보는 그린 드래곤에게 충고했다.

"고스트인가?"

"비슷한 처지지."

"으음!"

드래곤이 알프레드에게 흥미를 보였다.

"그린 드래곤이 어떤지는 잘 알고 있다."

"그래?"

"성질 나쁘고, 비열하고, 잔인하고, 야비한 데다가 음모를 좋아하지."

알프레드가 한 번에 읊어댔다. 그러나 그린 드래곤은 아무 변화도 보이지 않았다. 거의 모든 드래곤들이 가지고 있는 성질이라 깊게 생각하지 않는 듯했다.

"알아도 별로 좋지 않은 것만 알고 있군."

"후후후, 또 있지. 너희들은 선함과 선한 생명체들을 증오하지. 그래서 이런 생명체들을 노예로 삼으며 복종하지 않거나 너희에게 반항하면 죽여 버리지."

"너무도 우리에 대해서 잘 알고 있군."

"칭찬해 줘서 고맙네."

알프레드가 머리까지 숙여 고마움을 표시했다. 무슨 계책이 있는 모양이다.

"그럼 앞으로 너희가 어떻게 될지는 알겠구나."

"설마 윌리암을 노예로 삼겠다는 말은 아니겠지?"

"그 말 아니면 할 말이 없지."

"윌리암이 누구라는 말은 들었을 텐데?"

"후후후, 겁주려고 해도 소용없어."

그린 드래곤이 느긋하게 미소를 지었다.

"나는 블랙 드래곤처럼 드라코리치의 처벌 따위를 두려워하지는 않아. 놈이 너희들을 이용해서 나에게 장난을 걸었지만 오히려 감사하지. 혼자라도 저런 어린 노예만 있으면 몇십 년은 재미있게 놀 수 있거든."

"쉽지는 않을 거야."

알프레드가 내 가슴 앞으로 다가왔다. 혹시 모를 싸움에 대비해서 '헤데지바의 거울'로 들어가려는 듯했다.

"고스트라고 달라지지는 않아. 드래곤은 어떠한 마술도 강력하게 사용하지. 너 같은 요물들은 '다크 소울(Dark Soul)'로 지워 버리면 돼."

"후후후, 말로만 하면 당연히 그렇지만 나는 저주받은 영혼이야. 그것도 칼마르 제국의 헤라트에게 받은 저주지."

"마법사 헤라트말인가?"

그린 드래곤이 처음으로 인상을 썼다.

"헤라트의 저주는 마법의 신인 시어타투스의 힘이지. 다시 말해서 이 세상 어느 것도 풀 수 없는 저주를 뜻한다는 거야."

"으음!"

그린 드래곤이 깊은 신음을 곱씹었다.

"알프레드."

나도 모르게 알프레드의 이마로 눈길을 주었다. 희미하지만 흐린 빛으로 검은 닻이 어렴풋이 보였다. 헤라트의 저주는 죽어서도 풀리지 않는 지독한 것이었다.

"윌리암, 나더러 거울로 들어가라고 해봐."

알프레드가 내 곁에 바짝 다가왔다.

"거울로?"

"시간없어. 어서!"

낮은 음성으로 재촉했다.

"알프레드, 거울로 들어가!"

슈슈슈슉!

윤곽만 있던 알프레드의 영혼이 연기로 변하며 내 가슴으로 빨려들었다. 나올 때도 그러더니 들어갈 때도 내 주문이 있어야 하나 보다.

"으응?"

"놀랄 거 없네."

"도대체 뭐지?"

"나는 보통 고스트가 아니라고 했을 텐데?"

몸을 앞으로 쏟으며 놀란 눈으로 내 가슴을 바라보던 그린 드래곤에게 알프레드가 서서히 엄포를 놓기 시작했다.

"어서 우리를 놔주지 않으면 영원히 이곳에서 묻혀 살아야 할 거야. 내가 죽지 않는 한 모든 사실을 드라코리치에게 말할 테고, 그러면 같이 놀아줄 노예도 없이 혼자서 그 많은 세월을 흙만 먹으면서 살아야 할 거야."

알프레드가 여유를 부린 이유를 풀어놓았다. 그는 블랙 드래곤에게 통했던 방법을 쓰고 있었다. 그린 드래곤은 거울에 갇혀 있는 알프레드의 정체를 확실하게 모르고 있었다.

"헤라트의 저주라면 자네는 샤론 족이군?"

그러나 그린 드래곤은 알프레드의 협박에는 별로 신경을 쓰지 않았다. 오로지 색다른 고스트에 대해서만 관심을 가졌다.

"아는군."

"그렇다면 저 꼬마도 샤론 족인가?"

"나는 샤론의 용사 아슈빌의 아들이야."

가슴을 펴며 내 소개를 했다.

"오호!"

드래곤이 반색을 했다.

"나를 알아?"

"사비나의 몸에서 태어난 자식이란 말이지?"

"그러니까 스쿠르벤드 대왕의 손자라고 하지."

알프레드가 설명했다.

"스쿠르벤드의 아들들이 아닌 바로 사비나의 자식이었군."

드래곤이 두세 번 엄마의 이름을 들먹이며 나를 지그시 내려보았다. 그러더니 큰 소리로 웃어 젖혔다.

"하하하."

"그 웃음은 무슨 뜻이지?"

나는 고개를 모로 젖혔다.

"너는 여기를 벗어날 수 없다."

"아직도 내 말을 모르겠어!"

알프레드의 음성이 커졌다.

"드라코리치가 직접 온다고 해도 어쩔 수 없어."

"정말인가?"

"물론이지. 저 꼬마는 평생 나하고 살아야 한다."

드래곤은 물러서지 않았다.

"사비나의 자식이 드디어 나를 찾아오다니, 기다린 보람이 있었군."

"무슨 말이지?"

괜히 불안했다.

"꼬마의 엄마인 사비나가 어릴 적에 여기서 길을 잃은 적이 있었지."

"엄마가?"

한 번도 들은 적이 없었다. 드래곤 족의 생활이 그리워지면 어릴 적에 겪었던 일들을 풀어놓던 엄마였다.

"그때 나는 며칠을 굶고 헤매던 그애를 모르는 척했어. 스쿠르벤드의 딸인 것을 알면서 괜히 나섰다가 책임질 일을 만들고 싶지 않았거든. 이리 저리 돌아다니는 것을 지켜보는 것도 재미있었고."

과거를 회상하는 파이투라스가 붉은 눈으로 나를 슬쩍 쳐다보았다.

"그렇게 몇 시간이 지나자 같은 자리에서 빙빙 돌던 사비나가 갑자기 나를 부르더군. 여기 있는 줄 다 알고 있다면서 말야."

"어서 결론만 말하게."

알프레드가 답답한지 드래곤의 말을 끊었다.

"호호호, 어차피 여기서 평생을 살아야 할 친구가 급할 게 뭐 있나?"

파이투라스는 느긋했다.

"그래서 한참을 어떻게 할까 고민하는데, 사비나가 먼저 말을 꺼내더군. 자신이 이 다음에 자식을 낳으면 이곳으로 보낼 테니 길을 알려달라고 말야."

"약속을 했다는 말이야?"

나는 기분이 이상했다. 마치 인질이 된 것 같았다.

"그렇지. 인간은 약속을 소중히 여기지. 특히 사비나는 드래곤 족의 용사가 아닌가?"

"거짓말을 밥 먹듯이 하는 드래곤이 감히 약속을 들먹이다니 우습군."

"우리도 신들과의 약속을 지키면서 이렇게 살고 있어."

"그런 신빙성없는 얘기를 믿으라는 건가?"

"사비나에게 물어 보면 알 일이지."

그린 드래곤과 알프레드의 설전이 계속 이어졌다.

"설령 그것이 사실이라도 우리는 이곳을 빠져나갈 거야."

"능력이 되면 한번 해보시지."

"우리가 무사히 집에 도착하는 동시에 자네와 이곳으로 길을 가르쳐 준 자네 친구는 심판을 받을 거야."

"블랙 드래곤이 내 친구라니, 죽으라는 말보다 더 듣기 싫은 소리로군."

드래곤끼리는 서로 적대시하는 경향이 있었다.

"더 이상 말하고 싶지 않네. 어서 우리를 놓아주게."

"그럴 수야 없지. 나도 정당히 약속받은 일이니까."

파이투라스가 짙은 초록색의 날개를 활짝 폈다.

"캬아악!"

"윌리암, 준비해라."

"알았어."

나는 알프레드의 지시에 따라 '헤데지바의 거울'을 움켜쥐고 조심스럽게 움직였다.

"정말로 나한테 덤빌 생각인가?"

"우리는 샤론의 용사야. 그냥은 물러나지 않는다."

또박또박 말을 꺼내는 내가 자랑스러웠다. 지금의 긴장된 분위기와는 달리 잠시나마 잊고 있던 나의 종족을 되찾은 기쁨마저 가슴으로 용솟음쳤다.

"미리 말하지만 샤론의 고스트도 나중에 이 일을 뭐라 하진 못한다."

"후후후, 그래도 겁은 나는 모양이군."

알프레드가 거울에 갇힌 영혼이라는 것을 알지 못하는 파이투라스는 다시 한 번 엄마와의 약속을 들먹이며 차후에 있을 심판에 대해서 다짐을 받으려 했다.

"어디, 오랜만에 즐겨볼까?"

"마음대로는 안 될 거야."

"흥!"

콧방귀와 함께 거대한 몸집이 공중으로 솟구쳤다. 나무들이 그 힘에 밀리어 좌우로 펼쳐 넘어졌다.

(3)



　나는 드래곤을 처음 본다. 물론 전에 그린 족의 마을에서 와이번을 가까이 대한 적은 있었다. 와이번도 드래곤의 종족에 포함되지만 크기나 모습에서는 근본적으로 달랐다. 와이번은 다리가 두 개인 반면 드래곤은 네 개의 다리를 자유자재로 쓴다. 공격의 강도도 크게 차이가 났다. 와이번은 몸통을 조이거나 맹독(猛毒)이 있는 꼬리 공격 정도로 단순하지만, 드래곤의 마법이나 입으로 내뿜는 브레스는 파괴력이 엄청났다.

　쐐애액!

　드래곤과 와이번을 번갈아 생각하는 사이 검은 그늘이 땅 위를 훑었다.

　"이크!"

　재빨리 고개를 숙였다.

"캬아악!"

머리 위를 스치고 지나간 드래곤이 방향을 돌려 다시 내게로 달려들었다.

"윌리암, 피해!"

거울 속에서 다급한 목소리가 튀어나왔다.

쐐애액!

어느 틈엔가 바짝 다가온 뜨거운 열기에 깜짝 놀랐다.

"어억!"

뒷걸음치던 나는 엉덩방아를 찧고 말았다.

"정신 바짝 차려!"

"알았어!"

엉거주춤 일어서며 거울을 잡고 있던 손아귀에 힘을 주었다.

"캬아악!"

드래곤이 재차 공격을 시도했다. 흉측한 얼굴 가운데 몰려 있는 커다란 붉은 눈이 내 얼굴로 달려들었다.

"으읍!"

이번에도 겨우 피하며 땅바닥에 주저앉았다.

후드드득!

드래곤의 날갯짓이 바람을 가르자 낙엽 비가 내 주변으로 가득 떨어졌다.

"알프레드, 저놈이 왜 저렇지?"

"글쎄다……."

파이투라스는 위협만 보일 뿐 직접적인 타격은 주지 않고 있었다. 나를 가지고 노는 것인지, 아니면 차후에 있을 징계를 두려워하는 것인지 알 수는 없지만 아직까지는 공격의 강도가 약했다.

"벌써 그렇게 허둥거리면 어떡하누?"

공중에 멈추어 있던 파이투라스가 나무에 기대어 일어나는 나를 보며 조롱했다.

"빙빙 돌지만 말고 어서 덤벼라!"

"그렇지 않아도 지금 그럴려고 한다."

파이투라스는 느긋한 표정이다.

"좋아!"

나는 기다렸다는 듯이 짧게 대답했다.

"준비하지."

"이얍!"

나는 짧은 기합과 함께 팔을 앞으로 뻗었다.

"그런 하찮은 거울로 나를 상대할 수 있다고 보냐?"

"그건 두고 보면 알 일이지."

파이투라스는 '헤데지바의 거울'을 뚫어지게 쳐다보았다.

"거울 속으로 들어간 늙은 고스트가 별짓을 다 한다고 해도 소용없다."

"그럴까?"

"아무리 헤라트의 저주를 받은 고스트라도 나를 겁주지는 못해. 다만 처치하는 데 시간이 걸릴 뿐이지."

그린 드래곤은 자신감을 보였다. 조금 전의 걱정스럽던 모습은 보이지 않았다.

"내 마법으로 너를 없애지는 못해도 이곳에 가둘 수는 있다는 말이야. 스쿠르벤드가 꼬마를 찾으러 오려면 몇 번을 태어났다가 죽어야 할 거야."

"시끄러!"

파이투라스의 이죽거리는 모습에 화가 난 나는 버럭 소리를 질렀다. 그러자 '헤데지바의 거울'에서 빛이 쏟아졌다. 타원형으로 번져나가는 그 빛 속에 갇힌 모든 것들이 녹아내렸다.

"이런!"

다급히 피하던 파이투라스의 입에서 신음 소리가 나왔다.

"후후후, 무슨 거울인지는 몰라도 나하고는 별로 안 맞는 것 같군."

"드워프들도 그렇게 생각할 걸세."

알프레드가 불쑥 말을 던졌다.

"캬아악!"

파이투라스는 보기 흉할 정도로 인상을 찡그렸다.

"그 난쟁이 놈들의 거울인가?"

"세상에 이런 거울을 만들 수 있는 것은 그들뿐이지."

"으음."

그린 드래곤이 거울을 노려보았다. 드워프들은 세상의 악과는 원수지간이었다. 따라서 악의 화신이라고 할 수 있는 드래곤들을 무척이나 저주했다. 자손 대대로 적대시하며 사는 두 종족이었다.

"꼬마와 고스트를 그냥 보낼 수 없는 이유가 하나 더 생겼군."

"이유가 몇백 가지가 생긴다고 해도 우리는 여기서 나갈 거야."

"난쟁이 놈들의 거울이 얼마나 강한지 구경이나 해보자."

거울의 공격을 피해 공중으로 멀찌감치 물러나 있던 그린 드래곤이 얼굴을 찡그린 채 천천히 내 앞에 내려와 섰다.

"캬아악!"

파이투라스는 고개를 치켜들며 포효를 하더니 날개로 자신의 온몸을 감쌌다.

"뭐 하는 거지?"

"브레스 공격을 할 것 같다."

드래곤 브레스는 입으로 불길이나 가스를 내뿜어 사방을 순식간에 초토화시킨다. 어떤 생명체도 그들의 브레스를 피할 수는 없었다. 오랜 세월 동안 익힌 마법만큼이나 강인한 공격이었다.

"간다!"

알프레드의 예상처럼 파이투라스는 날개를 활짝 펴며 입을 벌렸다.

슈슈슈슉―

"이게 브레스야?"

걱정했던 것보다 강하지 않은 바람만 조금씩 밀려왔다. 그러나 나무 사이로 휘돌아오는 소리가 점점 바뀌더니 주변의 흙이며 돌들이 소용돌이를 일으켰다.

위잉잉잉!

소용돌이가 더욱 빠르게 돌았다. 그러자 해머로 머리를 두드리는 듯한 고통이 찾아왔다.

"으읍!"

나는 귀를 막았다.

"이제부터 시작이다!"

드래곤의 외침이 어렴풋이 들렸다.

윙윙윙윙!

땅에서 일어난 흙 기둥이 더욱 속도를 내며 정신없이 내 주위로 몰려왔다. 나무들이 휘청거리며 뿌리까지 흔들렸다.

"안 돼!"

내 의지와는 반대로 몸뚱이가 천천히 소용돌이 속으로 빨려 들어가기 시작했다. 발에다 힘을 주며 버텼지만 불가항력이었다.

"우선 이것부터 받아 보시지."

드래곤의 말이 끝나기 무섭게 소용돌이 속에서 무엇인가 튀어나왔다. 내 머리보다 훨씬 큰 돌멩이였다.

"알프레드!"

나는 다급한 마음으로 '헤데지바의 거울'을 들이밀었다. 그러자 거울의 표면이 빨갛게 달아오르며 강한 빛을 쏘아냈다.

펑펑펑!

천지가 깨지는 파열 음이 지축을 흔들었다.

"으읍!"

손목으로 강한 통증이 퍼지며 뒤로 몇 발자국이나 주르르 밀렸다.

"캬아악!"

드래곤도 놀랐는지 하늘로 뛰어올랐다.

"윌리암, 괜찮으냐?"

'헤데지바의 거울'은 생각보다 강한 힘을 갖고 있었다.

"어떻게 된 거지?"

나는 어리둥절했다.

"거울이 너의 의도에 따라 움직이는구나."

"원래 알프레드의 거울이잖아."

"내가 아무리 기를 써도 꼼짝하지 않더니……."

뒤로 물러난 드래곤을 힐끔거리며 알프레드와 말을 나누었다.

"처음부터 드워프의 보물은 네가 주인 같다."

"내가?"

"그래, 이데리아소 여신의 눈물을 가져온 것은 너니까."

알프레드의 설명을 알아듣기도 전에 드래곤이 바람을 가르며 달려들었다.

"한 번은 운 좋게 통했어도 이번에는 어림없다."

그런 드래곤 파이투라스는 목소리도 음침하게 다음 공격을 주문했다.

"그레이봄(Gray Bomb)!"

"피해라!"

거울 속에서 깨지는 소리를 냈다.

쾅! 쾅! 쾅!

발 밑에서 폭음이 울렸다. 정신이 혼미해지며 내 몸이 위쪽으로 솟구쳤다.

"레비테이션!"

누구의 입에서 터져 나온 주문인지 알지 못했다. 공중으로 떠오른 니는 정신을 차릴 수가 없었다.

"이럴 수가……!"

파이투라스가 놀라는 모습이다.

"꼬마가 마법도 쓰나?"

알프레드도 아무 말 하지 않았다.

"내가 마법?"

나는 머리를 흔들며 정신을 모았다.

"윌리암, 거울이 마법을 써서 너를 보호했다."

"……?"

분명히 드래곤의 마법 공격으로 발 밑에서 폭탄이 터져 올랐다. 그런데도 내 몸에는 아무 이상이 없는 듯했다. 만일 알프레드의 말대로라면 두 번째 울려 나왔던 공중으로 떠오르는 마법의 주문은 거울에서 나온 소리일 것이다.

"저런 꼬마의 마력이(MP) 10기가가 넘는다니… 대단하군."

파이투라스는 신기하다는 표정을 지었다.

"믿을 수가 없어."

허전한 기분을 느끼며 아래쪽을 쳐다보았다. 푸른색의 둥근 막이 내 몸을 감싸고 공중에 떠 있었다.

"우습게 보았는데 그게 아니었군."

그린 드래곤이 눈을 번뜩였다. 그러나 나는 파이투라스의 눈빛보다는 거울이 나의 마음에 맞추어 마법을 행한다는 사실에 더욱 놀라워했다.

"알프레드, 거울이 내 마음먹은 대로 움직이고 있어!"

"가능한 일이다."

"그래?"

그러고 보니 짚이는 게 있었다. 마법으로는 드래곤들도 어쩌지 못하는 드워프들의 조상들이 남긴 보물이 '헤데지바의 거울'이다. 드워프의 족장이던 우레바도 이 보물의 숨겨진 능력을 전부 알지 못한다고 했다. 다시 말해서 누구도 모르는 더욱 굉장한 능력이 있을 거라는 암시였다. 그 암시가 지금 나오고 있는 것이다.

"하하하!"

나와 알프레드가 얘기를 나누는 동안 즐거운 표정으로 미소를 만들던 파이투라스는 큰 소리로 웃음을 터뜨렸다.

"우리가 자네의 공격을 막아내니 어이가 없나 보군."

"하하하."

파이투라스는 대답 대신 웃기만 했다.

"머리가 잘못됐나?"

"후후후, 두 번 정도의 공격을 막았다고 해서 나를 너무 약하게 보는 군."

"그럼 그 웃음의 뜻은 뭐지?"

"이제는 예전의 약속 때문이 아니라도 내가 너희를 보낼 수가 없어. 이 대로 영원히 나와 함께 있어야 할 거야."

"잘못하면 네 목숨이 없어질 텐데 아직도 미련을 버리지 못하다 니……."

"무슨 소리! 그까짓 것에 난 죽지 않아!"

드래곤는 펄쩍 뛰었다.

"죽지 않더라도 큰 타격은 받을 거야."

알프레드는 드워프의 마법을 믿는 듯 너무나 자신만만했다. 드래곤 속을 적으로 둘 만큼 강인한 드워프였기에 파이투라스 같은 드래곤도 함부로 못했다.

"오히려 내가 바라던 바지."

"바랐다고?"

"몇천 년 동안 얼마나 기다렸는지 몰라. 이렇게 완벽하게 나하고 놀아 줄 노예가 나타나다니… 아직도 믿어지지가 않는군. 더도 말고 천 년마다 꼬박꼬박 너 같은 꼬마만 나타난다면 정말 살맛나는 세상일 거야."

파이투라스의 웃음이 포함한 의미를 알게 된 나는 더욱 거울을 꼭 잡았다.

"내가 그렇게 쉽게 네 뜻을 따를지 모르겠네."

나는 그린 드래곤에게 비아냥거리며 말했다. 위험한 상황에서도 철없이 구는 건 내 타고난 성격이다. 그러나 그린 드래곤은 그런 내 성격을 이해 못하는지 웃음을 거두어들였다.

"꼬마야, 언제까지 거기에 그렇게 떠 있나 보자."

그린 드래곤이 바짝 내게로 다가왔다.

"조심해라!"

알프레드는 그린 드래곤의 움직임을 보며 나에게 주의를 주었다.

"윌리암, 거울은 네가 원하는 대로 움직이고 있다. 주문을 모른다고 해도 생각만으로 저놈의 공격을 막을 수 있을 거야."

"엉."

알프레드는 이미 알고 있는 사실을 다시 한 번 일깨워 주었다.

"다크니스!"

그린 드래곤의 외침과 함께 가뜩이나 어두운 숲 속이 깜깜하게 변했다.

"세이프 체인지!"

연이어 마법의 주문이 들려왔다. 하지만 정확한 내용을 모르는 나로서는 대처할 방법을 찾지 못했다. 전적으로 알프레드의 말에 따를 수밖에 없었다.

"일단 드래곤의 위치를 파악해야 한다. 어둠을 몰아내라."

내가 알프레드의 지시에 따라 주변부터 환하게 바꾸려 하자.

"라이트!"

거울에서 내 마음을 알고 주문이 튀어나왔다. 그러자 사방이 환해지며 나무들의 모습이 선명하게 나타났다.

"알프레드, 드래곤이 안 보여!"

"다른 모습으로 변했을 거다."

파이투라스는 자신의 모습을 바꾸는 마법을 걸어논 상태였다.

"그렇지만 아무것도 없잖아."

나는 조심스럽게 땅 위로 내려왔다. 대낮보다 밝은 주변을 샅샅이 살펴봤지만 나무들만 버젓하게 서 있을 뿐 그린 드래곤의 모습은 보이지 않았다. 도대체 무엇으로 변했는지 짐작을 할 수가 없었다.

"어떤 형태로든 변했을 거다."

"이곳에는 나무밖에 없어."

"그러게 말이다."

"혹시 작은 곤충으로 변한 건 아닐까?"

"그럴지도 모르지."

"곤충으로 변했다면 나무에 붙어서 숨어 있을 거야."

"나무라……."

"왜 공격을 안 하는 거지?"

"놈은 우리를 보면서 즐기고 있는 거야."

"으음!"

알프레드와 이런저런 얘기를 하면서 나무들마다 눈길을 주었다. 혹시라도 나타날지 모를 드래곤의 공격에 바짝 긴장하며 서서히 발걸음을 옮겼다.

"숨어 있지 말고 어서 나와!"

숨소리마저 작아지는 분위기에 눌리어 나는 소리를 질렀다.

"싸움을 먼저 걸어놓고 숨어 있는 이유가 뭐야!"

조용했다.

"그럼 내가 먼저 공격한다."

아무런 반응이 없자 괜히 초조해졌다. 시간은 밤으로 깊숙이 흘러가는데 마냥 이러고 있을 수만은 없었다.

"윌리암, 마음을 편하게 가져라."

알프레드가 달랬다.

"빨리 집에 가서 알프레드하고 지난 얘기나 하며 쉬고 싶어."

오늘은 죽었던 알프레드를―비록 영혼이지만―다시 만난 기쁜 날이다. 그런데 드래곤이 나타나서 방해를 하다니, 짜증이 머리끝까지 올라왔다. 처음에 가졌던 호기심이나 신기한 생각은 사라지고 없었다. 더군다나 오랜만에 밖에서 시간을 보냈더니 많이 피곤했다.

"놈이 나무에 숨어 있다면 나도 방법이 있어."

나는 거울을 머리 위로 들며 눈을 감았다.

"파이어 볼!"

'헤데지바의 거울'에서 불꽃이 일직선으로 날아갔다.

화아악!

순식간에 나뭇가지로 불이 붙었다.

"이래도 안 나와!"

나는 방향을 바꾸어 계속 불꽃을 날렸다.

"에잇!"

뒤쪽도 예외는 아니었다. 그때였다.

"워터 스크린!"

갑자기 물기둥이 치솟아 옆으로 퍼지며 장벽을 만들었다.

"어택크!"

물 장벽은 곧장 내게로 쏟아졌다.

"워터 에로우!"

넘실대던 물줄기가 수십 가닥으로 갈라지며 거대한 화살로 변하였다.

펑!

물 화살은 거울에서 뿜어내던 불꽃을 지우며 곧장 내게로 향했다.

"미사일 프러렉션!"

펑펑펑!

연이어 물 화살이 사방으로 퉁겨 나가며 불붙은 나무들을 식혔다. 그러나 숨 돌릴 틈 없이 또 다른 주문이 들려왔다.

"바인딩!"

불이 꺼진 나무들이 흐느적거리며 줄기를 뻗어왔다. 마치 살아 있는 거대한 뱀 같았다.

"이런!"

방어할 생각도 하기 전에 나무줄기들은 나를 꽁꽁 동여매기 시작했다. 불을 붙인 원수를 갚으려는 듯 쉬지 않고 조여 들어왔다.

"어헉!"

어느새 꼼짝 못할 정도로 손과 발은 물론 목까지 나뭇가지의 버팀목으로 전락했다.

"하하하."

그제야 파이투라스가 모습을 드러냈다. 허공에서 울려 퍼지는 그린 드래곤의 웃음소리가 거칠었다.

"꼬마가 나뭇가지에 매달려 허둥거리는 모습이 너무 재미있다."

놈은 정말 즐기고 있었다.

"알프레드, 이제 어떡하지?"

"녹여 버려라."

"알았어."

나는 눈을 감고 정신을 집중했다.

"디절브(Dissolve)!"

거울에서 나온 붉은 기운이 나를 감싼 나뭇가지로 번져 올랐다. 그 퍼짐이 많아질수록 답답하던 목이 서서히 편해졌다.

"후후후, 제법이구나."

파이투라스는 녹아내리는 나뭇가지들을 보며 웃음을 씹었다.

"꼬마야! 이것도 받아보아라."

땅에 발바닥이 닿기도 전에 드래곤의 입에서 묵직한 음성이 터져 나왔다.

"컨퓨전!"

순식간에 정신이 몽롱해졌다.

"알프레드, 여기가 어디지?"

"윌리암, 정신 차려!"

아무것도 떠오르지 않았다.

"분명히 거실 침대에 누워 있었는데……."

혼란스러웠다. 드래곤 족 땅에 내가 왜 있는지도 모르겠고 믿을 수 없는 일이지만, 엄마가 아버지를 얼마나 사랑했는데 서로 원수가 돼서 싸웠다고 한다. 또한 알프레드와 맥슨은 파이로텐 벌판에서 죽었는데 어떻게 알프레드가 내 옆에 있는 것인지도 기억이 없었다. 아니다. 맥슨은 헤라트와 싸우느라 아직 이리로 오지 못했다.

"아악!"

머리가 쪼개지는 것 같았다.

"이겨내야 해! 놈이 너의 정신을 혼란시키고 있는 거야!"

알프레드가 미친 듯이 떠들었지만 무슨 말인지 이해할 수가 없었다.

"아퍼……."

양손을 올려 머리를 감싸 안았다.

툭!

손에 쥐고 있던 '헤데지바의 거울'이 발 밑으로 떨어졌다.

"윌리암, 거울을 놓치면 안 돼!"

알프레드가 소리쳤다.

"하하하."

그린 드래곤의 호탕한 웃음소리가 들렸다.

"대단한 줄 알았더니 이제 겨우 10기가를 넘긴 실력이구나."

"이제 그만 하지!"

"거울 속의 샤론 족 고스트야, 너 따위가 그만 하란다고 멈출 내가 아니다. 건방떨지 말고 지금부터 진짜 재미있는 모습을 보여줄 테니 그거나 지켜봐라."

"윌리암이 죽으면 너도 살아남기 힘들 것이다!"

알프레드가 블랙 드래곤에게 썼던 협박까지 동원하며 강하게 저지했지만 소용없었다. 오히려 그린 드래곤은 나를 데리고 놀 수 있는 재미있는 방법을 찾고 있는 듯 들은 척도 안 했다.

"피어!"

으스스 몸서리쳐지며 나무들이 울퉁불퉁 움직이기 시작했다. 두려움이 내 전신(全身)을 훑어 내려갔다. 머리부터 발끝까지 스멀스멀 벌레가 기어가 듯 묘한 아픔이 빙빙 돌아 마지막 한 군데로 모여들었다.

"으으으!"

공포를 제일 먼저 느끼는 곳은 두 눈이었다. 몸을 훑고 내려가던 두려움이 빠르게 역류하며 내 눈앞에서 두 갈래로 갈리어 핏줄기를 만들었다.

"싫어!"

피보라가 춤을 추며 슬그머니 손을 뻗어 내 목을 감았다. 손톱에서 뚝뚝 떨어지는 핏물이 내 가슴을 적시자 목을 조인 피의 손에 힘이 들어갔다

"커억!"

나는 숨 막히는 고통을 느끼며 기억을 놓치고 말았다.

(4)

　정신을 추슬러 눈을 뜨고 새로 맞은 세상은 빨간색이 너울거렸다. 온통 공포만이 지배하는 무서운 곳이었다. 깨질 듯이 어지럽던 혼돈의 순간이 사라지며 검은 누건을 둘러쓴 사내들이 칼을 들고 춤을 추고 있었다. 그 앞에 무릎 꿇고 앉아 있는 노랑머리의 사람들은 겁에 질려 소리도 지르지 못했다.

　사내들의 칼날이 허공을 가를 때마다 노랑머리가 몸통에서 떨어져 나갔다. 내 앞으로 데굴데굴 굴러 하나의 낯익은 머리가 굴러왔다. 다크블루의 파란 눈동자, 오뚝한 콧날, 두툼한 입술의 인자한 얼굴은 눈을 부릅뜨고 있었다.

　아버지였다.

　"으악!"

　"너도 이비를 따라가거라!"

주변을 둘러보았다. 사내들이 두건을 모두 벗으며 다가왔다. 그 틈으로 빨간 옷을 걸친 여자가 검은 머리칼을 휘날리며 나타났다.

"엄마!"

드디어 엄마가 구해주러 왔나 보다. 있는 힘껏 엄마에게로 달려갔다. 그러나 엄마는 싸늘한 표정으로 나를 노려보았다.

"샤론 족은 모두 죽어라!"

칼날이 번뜩했다.

"엄마……."

"죽어!"

엄마의 칼은 인정사정없었다.


"으아악!"

눈을 번쩍 떴다.

"윌리암, 괜찮으냐?"

"무서워……."

"드래곤이 너에게 공포를 느끼는 주문을 걸어서 그래."

"으아악!"

주변의 나무들이 모두 엄마의 얼굴을 하고 있었다.

"엄마가 나를 죽이려고 해!"

"윌리암! 기다려!"

무서웠다. 나는 비명을 지르며 마구 뛰었다. 뒤에서 알프레드가 애타게 불렀지만 멈출 수 없었다.

"하하하."

웃음소리도 들렸다.

"그만 멈춰라!"

나는 그 자리에 쓰러졌다.

"정말 재미있구나."

"이제 그만 해."

알프레드의 목소리다.

"알았어. 그렇게 하지. 너무 데리고 놀다 보면 다칠지도 모르니까."

"지독한 놈. 아이한테 그 따위 마법이나 걸다니……!"

"엄마를 무서워하는군."

드래곤은 의외라는 표정을 지었다.

"아냐!"

파이투라스가 마법을 풀자 그제야 나는 겨우 정신을 차리며 몸을
추슬렀다.

"아니라고?"

"그래."

"오호! 정말? 그럼 한번 더 해볼까?"

파이투라스는 턱을 쓰다듬으며 말했다.

"마음대로 해봐. 이번에는 안 당한다!"

나는 얼른 땅에 떨어져 있던 '헤데지바의 거울'을 집어 들었다.

"윌리암, 정말 괜찮으냐?"

"걱정하지 마. 다친 데는 없어. 다만 머리가 어지러울 뿐이야."

"다행이다. 놈의 마법 때문이니까 시간이 지나면 나아질 거야."

드래곤이 앞으로 다가왔다.

"정신이 든 것 같으니 한번 더 놀아볼까?"

"그만 하기로 했잖아!"

알프레드가 가만있지 않았다.

"생각이 바뀌었다. 꼬마가 엄마인 사비나를 무서워하는 이유를 알아보는 것도 재미있을 것 같아서 말이지."

"엄마를 무서워하지 않아!"

나는 놈에게 약점을 보이고 싶지 않았다. 더군다나 그런 내 약점이 드래곤의 재미에 보탬이 되는 것은 죽어도 싫었다.

"어디 두고 볼까."

파이투라스가 날개를 활짝 폈다.

"칸페스(Confess)!"

눈앞이 빙글빙글 돌았다. 나무들의 모든 가지들을 한 점에 모아 세상을 돌렸다.

"꼬마야! 이제 모든 걸 고백하라!"

모두 대답해야 했다. 그러지 않으면 돌고 있는 세상에서 살아남을 수 없을 것 같았다.

"나는 엄마를……."

입이 바짝 타 들어갔다.

"그만 하지."

방해꾼이 나타났다. 전부 말하려 하는데 그가 내 입을 막았다.

"누구냐?"

파이투라스가 앙칼지게 쏘아붙였다.

"내가 너에게 활력을 주마."

인자한 목소리는 그런 드래곤을 무시하고 나에게 주문을 걸었다.

"홀리 레자스트!"

조용히 주문이 들리며 정신이 맑아졌다. 빙빙 돌던 나무들도 제자리를 찾아갔다.

"너는?"

"파이투라스, 오랜만이군."

둘은 아는 사이인가 보다.

"저 남자도 드래곤이야?"

나는 거울을 입으로 가져갔다.

"외모를 봐서는 모르겠구나."

우리 앞에는 내 또래의 어린아이가 서 있었다. 검은 머리에 허름한
옷을 걸친 키 작고 왜소한 몸매의 꼬마였지만 그는 드래곤에게 전혀
주눅 들지 않고 있었다.

"후치우디스, 아는 채하지 마라."

"별로 반갑지 않은 모양이군."

"흥."

"후후후."

후치우디스라는 아이는 웃음을 잃지 않고 있었다.

"이 꼬마는 내가 데려간다."

"드라코리치가 원한다면 그래야지."

"후후후, 순순히 나오다니 죄 값이 두려운가 보긴 하군."

"이번 일은 드라코리치도 뭐라 못한다."

"거야 두고 보면 알지."

"드래곤도 아닌 게 건방 떠는 모습이 보기 안 좋군."

검은 머리의 꼬마는 대꾸하지 않았다.

"꼬마야, 드래코니안(Draconian)을 따라가라!"

피이투라스가 등을 돌렸다. 맹수니 같은 그런 느래곤이라도 섬찍 못

하는 게 있는 것 같았다. 그만큼 후치우디스는 신비스러운 꼬마였다.

"파이투라스, 그냥 갈 수는 없다."

"뭘 더 바라지?"

장소를 얼른 떠나려던 그린 드래곤이 주춤했다.

"윌리암의 정체를 알고서도 노예로 만들려고 했다면 심각한 일이다."

"내가 말했을 텐데! 설령 내가 죄가 있다 해도 너 따위가 어떻게 할 수는 없다!"

파이투라스는 물러나지 않았다.

"그 말 한 것을 후회할 텐데."

"용건이 있으면 드라코리치에게 직접 오라고 해라."

"아직도 그렇게 도도한가?"

"그건 나뿐만이 아니지. 여기 사는 모든 드래곤들은 드라코리치에게 맹목적으로 무릎을 꿇진 않아."

"그 말에 책임을 지려면 다시는 숨을 쉬지 못하겠군."

"드래코너안아, 착각하지 마라!"

"무슨 착각?"

꼬마는 그린 드래곤을 노려보았다.

"드래곤들이 이곳에 숨어 조용히 있다고 모두 드라코리치의 명령을 따른다는 착각!"

그린 드래곤이 초점없는 시선으로 먼 하늘을 바라보며 조소를 입에 달았다. 그러나 꼬마도 만만치는 않았다.

"후후후, 내 착각이 어떻게 발등을 찍는지 가르쳐 주지."

"기대되는군."

그린 드래곤과 꼬마가 실랑이를 하는 동안 나와 알프레드는 갑자기 나타난 꼬마에 대한 얘기를 나누고 있었다.

"알프레드, 드래코니안이라면……?"

수업 시간에 졸면서 들었던 기억이 가물거렸다.

"드래곤과 인간 사이에서 태어난 혼종이다."

어쩐지 정감이 가는 모습이었다. 드래곤들도 사람으로 변하기는 하지만 후치우디스에게서 풍기는 이런 느낌은 아닐 것이다.

"인간에 더 가까운 드래코니안은 브레스를 쓸 수 없다. 그러나 인간보다 높은 지능으로 인해 여러 가지 마법을 사용할 수 있고 하늘도 날 수 있지."

"브레스만 빼면 드래곤의 능력은 다 갖춘 거네."

"오히려 사람들과 어울려 살기에는 더 나을지도 모르지."

"그렇겠네."

알프레드는 내가 알아듣기 쉽게 가르쳐 주었다.

"윌리암이라고 했지?"

알프레드와 얘기를 나누고 있던 나에게 드래코니안은 내 이름을 알고 있었던 듯 그렇게 물었다.

"그래."

"이만 가자."

그린 드래곤은 우리 일행이 숲을 떠나려 하자 하늘로 솟아올랐다.

"드라코리치에게 인사나 전해주게."

어느새 날아갔는지 멀리서 목소리만 울려 퍼지자 후치우디스는 그린 드래곤이 사라진 방향으로 시선을 주었다.

"벌써 가버렸군."

"알프레드, 나와."

그린 드래곤이 사라진 후, 나는 거울을 품에 갈무리하면서 알프레드를 불러냈다.

"밖에 나오니까 좋군."

"고스트인가?"

후치우디스가 물었다.

"정확히는 아니네."

"그럼 거울의 요정인가?"

"글쎄, 전혀 틀린 말은 아닌 것 같군."

"말하기 싫으면 관두게."

"싫은 건 아니지만… 가면서 천천히 설명하지."

알프레드도 후치우디스에게 호감이 가는 듯했다. 자신보다 훨씬 나이가 어린 꼬마가 말을 함부로 낮추는 데도 화를 내지 않았다.

"다만 윌리엄에게 친구가 있다는 말을 듣지 못해서 물은 것이니 너무 신경 쓰지 말게."

"생각해 줘서 고맙군."

"그래도 인사나 할까? 나는 그냥 노노라고 부르게."

"노노?"

"우리 어머니의 이름이지. 나를 만들어주신 분의 이름을 잊지 않기 위해서 내가 빌려 쓰고 있는 셈이지."

"어머니는 드래곤 족의 여인인가?"

"후후후, 나도 자세한 것은 나중에 얘기하지."

드래코니안은 미소를 잃지 않았다. 처음 보는 얼굴이지만 전혀 부담감이 없었다.

"내 손을 잡게."

나는 노노의 손을 잡았다. 따스한 기운이 넘쳐 났다.

"뭐 할 건데?"

"트랜스 스페이스로 자리를 옮기려고 해."

알고 있는 마법이다. 헤라트의 철갑단들이 나타나며 사용했던 마법이어서, 새삼스레 황금 갑옷의 하멜이 아버지를 쓰러뜨리던 과거가 머리 속을 헤집었다.

"어디로 가려는지 알 수 있겠나?"

"드라코리치님에게 갈 거야. 물론 스쿠르벤드님도 함께 계시겠지."

"월리암, 날 거울 속으로 불러들여."

"어엉."

아버지를 떠올리던 나는 얼른 정신을 추스르고 알프레드를 거울로 불러들였다.

"후후후, 아무래도 거울 요정이 맞는 것 같네."

"그럼, 앞으로 나를 미로의 님프라고 부르지."

"님프치고는 너무 못생긴 거 아닌가?"

"하하하."

"하하하."

노노와 알프레드가 기분 좋게 웃어 젖혔다. 그러는 사이 우리는 공간 이동을 했다.

"다 왔다."

"할아버지가 여기에 있어?"

"잠시만 기다려라."

내 물음에는 대답도 없이 드래코니안은 어디론가 사라졌다.

"여기가 어딜까?"

"으음!"

알프레드는 신음 소리로 대답을 대신했다. 마법으로 공간 이동을 하였기 때문에 오는 도중의 어떠한 광경도 접하지 못했다. 밝은 빛살이 강하게 우리에게 몰리며 잠시 동안 펼쳐지던 눈부심이 사라지고 도착한 곳은 드넓은 바닷가였다.

"세상에 이런 곳이 있다니……."

거울에서 나온 알프레드는 조심스럽게 주변을 둘러보며 탄성을 질렀다. 누가 봤어도 저절로 입이 벌어질 만했다. 우리가 서 있는 바닷가가 동굴 속에 있는 거라니… 정말 놀라운 일이었다. 천장에 빽빽이 달려 있는 암갈색 종유석만 아니었다면 동굴이라는 걸 몰랐을 것이다.

"바다가 있을 줄은 꿈에도 몰랐어."

나는 눈앞에 펼쳐진 광경에 압도되어 입을 다물지 못했다.

"여기는 바다가 아니라 호수야."

알프레드가 미소를 띠며 말했다.

"호수?"

"지하수가 모여 만들어진 호수가 맞을 거다."

나는 바닷물을 찍어 살짝 입에 대보았다. 짜지 않은 것으로 봐서 알프레드의 말이 맞는 것 같았다.

"근데, 동굴 안이라 깜깜할 줄 알았는데… 여기는 대낮처럼 밝네?"

"그러게. 마치 거대한 횃불을 켜놓은 듯하구나. 어쩌면 드라코리치가 라이트라는 마법으로 이곳을 밝히고 있는지도 모르지."

"그럴 수도 있겠네."

우리가 중얼거리는 동안에도 끝도 없이 펼쳐져 있는 호수에선 신선한 바람이 밀려왔다.

"그런데 굉장히 덥다."

"윌리암, 많이 더우니?"

영혼인 알프레드는 온도를 느끼지 못했다.

"여기는 계절을 타지 않나 봐."

"땅속하고 가까운 곳인가 보다."

"그럼 바람은 어디서 오는 거지?"

"어딘가 뚫린 곳이 있겠지."

많은 궁금증이 솟아났다. 눈앞에 펼쳐진 거대한 호수는 물결마저 조용히 넘실거려 발 밑을 간질인다.

"오래 기다렸지?"

한참을 멍하니 호수만 바라보는데 본명이 후치우디스인 노노의 목소리가 들렸다.

"아냐."

나는 자세를 바로하고 노노가 데려온 일행들을 바라보았다. 그의 뒤로 세 명의 인물이 서 있었다.

"저애가 자네의 손자인가?"

"그렇습니다."

후드까지 깊이 눌러쓴 사내의 물음에 대답을 하며 내게 다가오는 사람은 할아버지였다.

"윌리암, 괜찮으냐?"

나이에 비해 강인한 모습의 스쿠르벤드 대왕이었다. 웬만한 일에는 표정 하나 변하지 않는 용사지만 나를 쳐다보는 눈에는 걱정이 가득했다.

"예."

"도대체 그곳에는 어떻게 가 있었던 거야?"

할아버지는 그린 드래곤의 영토에 있던 나를 당연히 이해 못할 것이다.

"그게……."

나는 납치당한 것을 말하려다 멈추었다. 괜히 잘못 말을 꺼냈다가 삼촌들하고 좋지 않은 일이 생길지도 모르는 일이다.

"샤론의 알프레드가 인사드립니다."

그때, 뿌연 형태로 내 곁에 서 있던 알프레드가 할아버지에게 인사를 했다.

"후치우디스님에게 듣긴 했지만 자네는 누군가?"

"윌리암의 오랜 친구인 알프레드라고 합니다."

"알프레드?"

"그렇습니다."

할아버지는 잠시 나를 쳐다보았다.

"……."

나는 어깨를 으쓱했다.

"내가 알기로는 알프레드는 죽은 것으로 아는데, 그렇다면 정말 고스트인가?"

"사실은 저도 잘 모릅니다."

알프레드는 거울 속에 3개월이나 갇혀 있다가 오늘에서야 바깥 세상에 나온 지금까지의 일을 대충 설명했다. 보통 거울이 아닌 '헤데지바의 거울'에 대해서도 기본적인 것들을 알려주었다.

"드워프들이 별 장난감을 다 만들었군."

후드를 깊숙이 눌러쓰고 있는 사내 앞에 있던 꼬마가 나섰다. 그는 노노와 비슷한 나이 같았지만 좀 더 거칠어 보였다. 검은 머리와 적당한 키는 똑같았지만 인상에서 오는 둘의 느낌은 왠지 달랐다.

"윌리암, 인사드려라."

"됐네."

거칠게 생긴 꼬마가 귀찮다는 듯 손을 들어 할아버지를 막았다.

"나는 찰스라고 한다."

"드라코리치님의 수행 기사다."

할아버지가 꼬마의 신분을 말해 주었다.

"다른 수행 기사이신 후치우디스님은 봤으니 따로 소개는 하지 않으마."

"노노도 수행 기사?"

나는 후드의 사내 곁에 여전히 웃음을 띠고 있는 노노를 바라보았다.

"그럼 찰스도 드래코니안인가요?"

"찰스님이라고 해야지."

할아버지가 호칭을 정정해 주었다.

"찰스님은 드래곤뉴트(Dragonewf)시지."

"……?"

내가 모르는 종족 때문에 난처한 모습을 보이자 알프레드가 어느새 다가와 귓가에 속삭였다.

"드래곤뉴트도 드래코니안처럼 드래곤과 인간의 혼종이다. 다만 둘이 다르다면 드래코니안이 인간에 가깝다면 드래곤뉴트는 드래곤에 더욱 가깝지."

"싸움 실력도 비슷하겠네?"

노노가 그린 드래곤하고 직접적인 싸움은 없었지만 나의 정신을 맑게 해주던 능력은 분명 떨어나 졌이었다.

"혼종이기 때문에 브레스를 못하는 것은 똑같지만 드래곤뉴트가 더 강하다."

알프레드는 찰스의 정체를 몰래 가르쳐 주었다.

"여기 있는 스쿠르벤드 대왕은 예외지만 나는 원래 인간들하고는 안 친하다. 그런데 윌리암은 내가 먼저 친해지고 싶을 만큼 맑은 눈을 가지고 있구나."

"찰스님, 감사합니다."

할아버지는 정중했다.

"아주 남도 아니니까."

"후후후."

후드를 쓰고 있던 사내가 음산한 웃음을 보였다.

"집안 인사가 끝났으면 나도 좀 볼까?"

"그러시죠."

찰스와 할아버지가 옆으로 비켜섰다.

"나는 드라코리치다."

노노를 앞세우고 다가온 사내는 전혀 얼굴을 알아볼 수 없었다. 후드 속에서 눈만 반짝거리고 있었다. 무엇을 보는지, 기분이 어떤지 전혀 느낌이 없었다. 하지만 차갑다는 느낌은 들지 않았다.

"윌리암, 우리 종족의 수호신이시다."

"예."

얼떨결에 대답은 했지만 할아버지가 무엇을 의도하는지는 알지 못했다.

"얼른 무릎을 꿇어라."

"아……."

나는 한쪽 무릎을 꿇으며 머리를 숙였다.

"괜찮다면 나한테 네 소개 좀 해줄래?"

음산하지만 정겨운 목소리였다.

"저는……."

잠시 머뭇거렸다.

"저는 샤론의 위대한 용사 아슈빌의 아들 윌리암입니다."

어깨를 활짝 폈다.

"으응?"

의외의 대답이었는지 드라코리치를 비롯해서 모든 인물들은 자신의 얼굴에 떠 있던 웃음을 동시에 거두었다. 그렇다고 나는 대답을 다시 하고 싶지는 않았다. 억울하게 죽은 아버지에게 자랑스런 아들로 보여야 했다.

"샤론이 그 정도로 위대한 종족인가?"

드라코리치가 나를 슬쩍 떠보았다.

"물론입니다."

내가 너무 당당하게 말하자 할아버지가 어쩔 줄 몰라 했다.

"지금은 한낱 대륙의 사냥감으로 알고 있는데?"

드라코리치가 재미있는지 나를 떠보았다. 그러나 나는 웃음을 잃지 않으며 소신껏 그동안 속에만 가지고 있던 말을 하였다.

"오래가지 않을 겁니다. 언젠가는 다시 과거의 명성을 찾고 이 땅에 자유와 평화를 심을 겁니다. 저희 아버지였던 아슈빌의 뜻을 제가 이어받아 반드시 이루고 말 겁니다."

"호기를 부리는 것은 좋지만 자신의 능력을 먼저 알아야 한다. 누구든지 말로는 모든 것을 이룰 수 있다."

"우리가 겪고 있는 고통은 모두 리쿠스 신을 모신 대가입니다. 신은 절대로 우리 샤론 족을 버리지 않습니다. 저는 믿고 있습니다. 이 또한 다른 안배라고 확신합니다."

나의 말투에 힘이 들어갈수록 할아버지의 눈동자가 커지고 있었다. 아침까지만 해도 침울하게 등 돌리고 앉아 창밖만 보던 나약한 손자의 변화를 받아들이기 힘든 모습이었다. 하기야 당사자인 나도 믿을 수가 없는 일이었다. 속이 전부 비치는 뿌연 형태지만 알프레드의 영혼이 너무 고마웠다.

"스쿠르벤드는 좋은 손자를 두었군."

신의 이름을 꺼내서인지 상승하던 드라코리치의 기분이 아래로 뚝 떨어졌다.

"과찬이십니다."

"드래곤들을 위해서도 좋은 일이지요."

알프레드가 난감해하는 할아버지를 도왔다.

"어째서 저주받은 샤론 족이 드래곤에게 도움이 되지?"

"남들이 들으면 웃겠군."

주인의 심사가 뒤틀린 걸 간파한 노노와 찰스가 알프레드를 비꼬았다.

"윌리암의 말대로 리쿠스 신의 뜻을 받아 샤론 족이 다시 부활하여 이 대륙을 얻는다면, 그 핏줄인 스쿠르벤드 대왕과 드래곤 족이 모시는 드라코리치님은 신의 고마움을 받게 될 겁니다. 이것은 당연한 이치입니다."

알프레드는 은근히 나를 신이 선택한 사람으로 각인시키고 있었다. 그러나 드래곤들은 별 반응 없이 고개만 끄덕였다.

(5)

언데드 드래곤인 드라코리치(Dracolich)는 드래곤이 죽은 후 그 뼈로 다시 태어나는 존재이다. 전생의 능력은 조금 약화되긴 하지만 그 내로 사시고 있으며, 몸 전체에 맹독을 지니고 있다고 했다.

"전생에 레드 드래곤(Red Dragon)이었다는 것으로 알고 있습니다."

나는 어색한 분위기를 바꾸기 위해 먼저 말을 꺼내었다.

"오호!"

내가 알아주자 드라코리치는 기분이 좋아졌나 보다.

"누구에게 들었느냐?"

"예전에 엄마에게 들었습니다."

"사비나가?"

엄마는 고향이 생각나면 여러 가지 얘기를 한도 끝도 없이 해주었다. 종종 드래곤들에 대해 말해 주었는데, 특히 드라코리치에 대해서 많은 시간을 할애했었다.

"여기를 떠났기에 아주 잊은 줄 알았더니……."

"그러게요."

할아버지가 우울한 표정을 지었다.

"윌리암은 엄마가 보고 싶지 않으냐?"

"……."

나는 입술만 깨물었다.

"지금은 헤라트에게 가 있다고 들었다."

"예, 그렇습니다."

갑자기 분노가 솟구쳤다.

"엄마가 헤라트의 앞에서 아버지를 죽였죠."

"으음!"

잠시 침묵이 흘렀다.

"세상은 눈으로 보는 것만이 진실이 아니다."

드라코리치는 알지 못할 말을 했다. 나를 달래기 위한 방법 같았다.

"샤론의 알프레드가 드라코리치님께 인사드립니다."

그때까지 나 다음으로 인사할 차례를 기다리던 알프레드가 내 눈치를 보며 앞으로 나섰다.

"자네가 거울의 요정인가?"

"예?"

갑자기 묻는 질문에 알프레드가 멈칫했다.

"노노에게 들었네."

"하하하, 정확하게는 아닙니다."

드라코리치는 고개를 끄덕이며 알프레드를 주시했다.

"땅속의 난쟁이들이 무슨 장난을 한 것 같군. 오래전부터 놈들이 가지고 노는 것들은 우리를 놀라게 한단 말이야."

"그래도 덕분에 이렇게 영혼이라도 살아서 윌리암 옆에 있으니 다행입니다."

알프레드는 드라코리치에게 정중하게 예절을 지켰다. 사실 인간이 아닌 종족에게는 엄하던 그였는데 나를 위해서 그러는지도 모른다.

"윌리암도 자네가 곁에 있어 기쁠 것일세."

"그렇습니다."

알프레드의 존재는 세상을 다시 얻은 기쁨보다 더 컸다.

"윌리암하고 편하게 같이 있고 싶은데 우리 자리를 옮겨서 얘기하지."

드라코리치는 가라앉았던 분위기가 다시 무르익자 본격적으로 시간을 가지려 했다. 그 이유야 모르겠지만 언데드 드래곤은 나에게 호감을 보여줬다.

"모두 저쪽으로 가시죠."

찰스는 호수를 따라 끝 쪽에 뚫려 있는 동굴을 가리켰다. 입구는 좁아 보였지만 미리 준비된 장소처럼 느껴졌다. 그 근처에는 작은 동굴들이 마치 벌집처럼 다닥다닥 붙어 있었는데, 거대한 동굴 속에 또 다른 동굴이 있다는 것 자체가 여기의 경치만큼이나 신비롭게 보였다.

"하하하, 저 동굴에 맛있는 거라도 있습니까?"

할아버지가 호탕하게 웃었다.

"가보면 알겠지."

우리는 드래곤뉴트인 찰스의 뒤를 따라 서서히 발걸음을 옮겼다.

"윌리암, 기분이 어때?"

"괜찮아."

알프레드는 조금 전 일이 걱정인가 보다. 그는 아버지의 죽음을 끝까지 숨기려고 했지만 내가 예전부터 알고 있다는 사실에 당황하고 있었다.

"비밀로 하려고 했는데 알고 있었구나."

"후후후."

나는 웃음을 흘렸다.

"사비나님을 원망하지 마라."

"그런 거 없어."

"다행이구나."

알프레드는 내가 충격을 많이 받을까 봐 걱정을 했었다.

"나한테는 원래 엄마가 없으니까."

"윌리암!"

나는 주춤하는 알프레드의 영혼을 뒤로하고 동굴로 향했다.

"엄마가 아버지에게 창을 던지던 모습을 잊을 수가 없어."

"그걸 봤다는 말이냐?"

"응, 처음부터 전부 봤지."

"그… 그랬구나."

알프레드야말로 충격을 받은 것 같았다. 그와 맥슨은 같이 지내면서도 전혀 눈치 채지 못했었다.

"하하하, 이런 자리가 얼마 만인가요?"

동굴에 들어서자 먼저 도착한 할아버지의 호탕한 목소리가 들렸다.

조심스레 발 밑의 작은 바위들을 몇 개 지나치자 넓은 평지가 나왔는데 그곳에는 언제 준비했는지 알지 못할 음식들로 가득했다.

"5년 정도 된 것 같은데."

"맞아, 그때 스쿠르벤드가 자식들까지 다 데리고 왔었지."

"하하하, 셋째 아들놈의 결혼 때문이었죠."

할아버지를 중심으로 드라코리치와 수행 기사인 찰스와 노노가 기분 좋게 떠들었다.

"준비하시느라고 고생하셨습니다."

"하하하, 마법으로 뚝딱 해치운 거니까 너무 그러지 않아도 돼."

찰스가 쑥스러운 표정을 지었다.

"훌륭한 만찬입니다."

알프레드도 할아버지의 인사를 거들었다. 그런 와중에서도 할아버지는 나의 눈치를 보는 듯했다. 아무래도 내가 했던 말이 마음에 걸리나 보다. 지금까지 한 번도 그런 식으로 할아버지에게 말해 본 적이 없다. 엄마를 저주하는 손자를 보며 어떤 마음을 가질까 궁금했다.

"오늘 파티는 윌리암을 환영하는 자리로 하지."

"좋습니다."

노노는 나에게 윙크를 보내었다. 들리는 소문에 의하면 드래곤들은 무시무시하고 잔인하다고 했는데 전혀 그런 모습은 보이지 않았다. 오히려 사람들보다도 더 따뜻한 모습이었다.

"드래곤들이 이렇게 따뜻한지는 몰랐습니다."

알프레드도 나와 같은 생각을 하고 있었다. 그럴 수밖에 없는 것이, 드라코리치로 환생한 레드 드래곤이라고 하면 세상이 다 알아주는 최강의 드래곤이다. 여타의 드래곤보다 더 탐욕스럽고 지능도 아주 높으며 브레스를 포함한 모든 공격도 월등히 뛰어나다. 따라서 사람이나 다른 종족은 물론이고 드래곤들에게도 공포의 대상이었다.

"하하하."

"이거 너무 포악하게 보였나 보네."

"너무 착하게 보이는 것도 안 좋은 것 같군."

모두 한마디씩 했다.

"자네가 아직 몰라서 그러네. 다른 사람이나 드래곤들에게는 굉장히 엄하네."

할아버지가 미소를 지었다.

"그렇다면 우리는 특별 대우인 셈이군요."

"꼭 그렇지만은 않아."

드라코리치는 손을 들어 할아버지를 가리켰다.

"스쿠르벤드의 핏줄은 우리 드래곤의 집안이다."

"감사합니다."

미소를 거두며 할아버지가 정중하게 머리를 숙였다.

"무슨 말씀인지?"

알프레드는 죽어서도 학자로서의 그 알량한 호기심은 어쩔 수가 없나 보다. 하기야 나도 벌써 한쪽 귀가 드라코리치에게 향해 있었다.

"궁금한가?"

"들어본 적 없던 이야기라서……."

"후후후."

드라코리치가 노노에게 고갯짓을 했다.

"우리 중에 피가 안 섞인 건 자네뿐이네."

"저 말입니까?"

알프레드가 주변을 둘러보았다.

"저도 드래곤의 피가 섞였나요?"

나는 어리둥절했다.

"먼 옛날이야기지."

찰스가 나섰다.

"우리는 전부 한 집안이다."

드라코리치가 그렇게 결론을 지으며 후드를 벗었다.

"으헉!"

내 턱이 아래로 떨어졌다.

"놀랐느냐?"

"아, 아닙니다."

"후후후."

검은 후드를 쓰고 있을 때는 몰랐지만 푸른 눈빛의 해골은 웃음도 싸늘했다. 커다란 덩치하고는 맞지 않는 머리였다.

"신들이 대륙을 떠나면서 인간들에게 신의의 표시로 열두 가지의 보물을 하이드랜드에 남겨놓았지."

"알고 있습니다."

나와 알프레드는 동시에 대답했다.

"신들은 또한 세상을 온통 죄악으로 몰아넣던 드래곤들을 전부 이 곳에 가두어놓았지. 물론 이것 역시 인간들을 위한 배려였지."

"그때 신들에 대항해서 끝까지 싸운 분이 여기 계신 드라코리치님 이시다."

노노와 찰스가 돌아가면서 지나간 신화 속의 역사를 펼쳐 냈다.

"후후후, 죽기 전에는 레드 드래곤이었지."

몇천 년이 지났을 일인데도 드라코리치는 자조 섞인 웃음을 지었 다.

"신들은 나를 다시 환생시켜 놓고는 그 보물들을 지키는 동시에 드래곤의 왕으로서 모든 드래곤들을 감시하라고 했다."

"쉽게 복종했나요?"

비록 졌다고는 하지만 목숨을 걸고 싸운 정도면 순순히 넘어가지는 않았을 것 같았다.

"조건 때문에 아무런 대항도 하지 않았지."

"무슨 조건이었는데요?"

더욱 궁금해졌다.

"간단한 거지."

"드래곤들을 죽이지 않는다는 조건이었군요."

알프레드가 먼저 해답을 찾았다.

"맞네. 만일 우리가 하이드랜드를 빠져나가 단 한 명의 인간이라도 해친다면 드래곤의 모든 종족을 없앤다고 엄포를 놓았지. 나는 무조건 승복하고 말았네."

"드래곤끼리는 서로 적대시하지 않나요? 이런 수모를 당할 정도로 챙겨주지는 않는 것으로 알고 있습니다."

이곳에 오면서 만났던 블랙 드래곤이나 그린 드래곤은 결코 친한 것 같지 않았다.

"후후후, 천성은 그렇지."

"드라코리치님은 그들을 사랑하거나 가엾어서 그 조건을 허락한 것은 아니야."

찰스가 구리로 만든 잔을 들며 앞으로 나섰다.

"혼자 남으면 심심해서 그랬던 거지. 시간을 때우기 위해 싸움이라도 하려면 곁에 누군가가 있어야 하잖아."

노노도 잔을 비우고 있었다.

"하하하."

드라코리치는 두 수행 기사가 대신 말해 주자 웃음만 허공으로 날려 보냈다.

"모든 드래곤들이 말을 듣던가요?"

"누구도 내 머리를 따라오지는 못해. 처음에는 겁을 주기 위해서 조금이라도 반항하거나 하다못해 내 말에 토씨 하나만 달아도 그 자리에서 죽어 버렸지."

드라코리치가 과거를 회상하며 테이블 위의 과일들을 집었다가 놓았다.

"그렇게 시간이 지나자 겁을 먹은 드래곤들은 아예 자신들의 구역으로 숨어버리더군. 내가 부를 때만 잠시 얼굴을 내밀지. 내 말을 듣지 않으면 아예 소외시켜 버리니까 어쩔 수 없이 나타나는 거지."

드래곤들이 제일 두려워하는 것이 무엇인지는 알프레드에게 들어서 알고 있었디. 혼자서 몇천 년이 될지도 모르는 세월을 보내야 하는 무료함. 그것이었다.

"파이로텐 벌판에서 헤라트의 군대와 싸우는 드래곤들도 그럼 드라코리치님이 시켜서 할 수 없이 나서는 거군요."

"아니네. 싸움만은 정말 즐겁게 하지. 그건 서로들 못해서 안달이거든."

다시 생각해 보니 맞는 말인 것 같다. 싸움만이 무료한 섬 생활에서 즐길 수 있는 유일한 길이 틀림없다.

"잠깐만!"

나는 이야기가 다른 데로 흐르고 있다고 판단했다.

"왜 그러냐?"

"이야기 중에 죄송하지만 드라코리치님의 지나온 역사하고 내 몸에 드래곤의 피가 섞인 것하고 무슨 연관이 있죠?"

내가 궁금하게 생각하는 것은 내 몸에 흐르는 드래곤의 피였다.

"아하!"

드라코리치가 무릎을 탁 쳤다.

"그렇게 신들의 보물을 지키면서 나는 생각했다."

다시 핏줄에 대한 얘기로 이어졌다.

"이곳에서 지내며 세상을 지배할 방법이 무엇인가 하고 말야."

"결론은 드래곤 족이었군요."

역시 알프레드였다.

"자네는 요정치고는 꽤 똑똑하군."

"감사합니다."

얘기 도중에 나서서 미안했는지 알프레드가 무릎까지 꿇으며 정중하게 인사했다.

"우리의 피가 섞인 사람들."

"하이드랜드에 뼈를 묻고 살던 인간들의 족장에게 우리의 피를 주었지."

드라코리치가 할아버지를 지그시 바라보았다.

"제일 먼저 나와 인간의 여자 사이에서 드래곤뉴트가 태어나고……."

"드래곤뉴트와 인간의 여자 사이에서 드래코니안이 생겨났지."

찰스였다.

"그렇게 몇 대를 거치면서 인간에 가까운 종족이 탄생됐어."

노노가 나의 머리를 쓰다듬었다.

"드래곤의 핏줄을 이어받은 집안이 스쿠르벤드의 조상들이었고, 그들이 그 땅에 살던 인간들을 다스렸네."

"혹시 윌리암에게 헤라트의 마법이 통하지 않는 것하고도 상관이 있습니까?"

알프레드가 내 이마를 처다보았다.

"그것은 반쪽짜리 샤론 족이라 그런 거지."

"마법이 신의 능력을 받은 헤라트를 따라갈 수는 없네."

잠시 가졌던 기대가 무너졌다. 12신(神)하고 겨룰 정도의 언데드 드래곤이라면 샤론 족에게 걸려 있는 저주를 없앨 수 있을 줄 알았는데 그런 건 아닌가 보다.

"이상한 것은 윌리암의 눈빛이야."

노노는 내게 한 걸음 다가왔다.

"아주 평화롭고, 무엇이든 빨아들일 듯한 맑은 눈을 가지고 있지. 보통 사람들한테는 없는 무힌힌 힘이 느껴진딘 말야."

"하하하, 저도 그렇게 생각합니다."

알프레드에게는 15년을 신기하게 처다보던 눈빛이었다.

"분명히 신이 주신 선물일 거야."

"하하하, 맞습니다."

말은 안 했지만 할아버지도 내 눈에 대해 느끼는 것이 있는 듯했다.

"하나 더 여쭤봐도 되겠습니까?"

"얼마든지."

"리쿠스 신이 말한 '대지의 뜨거운 물' 은 어디에 있습니까?"

기다리던 질문이었다. 솔직히 나는 거기까지는 생각하지 못하고 있었지만 알프레드는 기회를 놓치지 않았다. 아버지가 그렇게 찾고 싶어하던 리쿠스 신의 배려였다. 아쿠아소룸 대륙의 인간들에게 자유와 평화를 되찾아줄 수 있는 유일한 길이었다.

"그것은 나도 모른다."

드라코리치가 고개를 크게 흔들었다.

"존재하는 것은 확실한가요?"

"신이 한 말이니까 틀림없는 사실일 것이다."

"하지만 여기에는 없다는 거군요."

알프레드가 실망스런 표정이다. 엄마에게 들어서 알고 있었겠지만 직접 확인하고 나니 허탈한 모양이다.

"리쿠스 신이 '대지의 뜨거운 물'을 남긴 것은 우리 때문이지."

"헤라트와의 전쟁 이후에 생긴 것이 아닌가요?"

나는 그렇게 들었었다.

"우리가 변심해서 신들의 보물이 담겨 있는 봉인을 뜯고 반란을 일으킬 것에 대비한 리쿠스 신의 대비책이었지. 그런데 아무 일 없이 세월이 지나자 잠시 조용해졌다가 헤라트가 전쟁을 일으키면서 다시 세상에 나온 거야. 이 대륙을 구할 수 있다는 그럴듯한 전설을 가지고서 멋있게 등장한 거지."

"으음."

알프레드는 그동안 잘못 알고 있던 사실들을 하나씩 챙기는 모습이었다.

"마지막으로 하나만 더 물어보겠습니다."

"궁금한 게 많은 요정이군."

"죄송합니다."

"아니다."

알프레드가 숨을 골랐다.

"리쿠스 신이 '대지의 뜨거운 물'까지 만들어서 드래곤들을 막았다고는 하지만 얼마든지 반항할 수도 있었을 텐데요."

"어떻게?"

"직접은 힘들더라도 드래곤 족을 이용할 수는 있죠."

"일리있는 얘기야."

이번에는 드라코리치가 알프레드의 질문에 호기심을 보였다.

"한데 드래곤 족은 하이드랜드에서 일체 나오지 않고 있습니다. 간혹 나왔다고 해도 힘이 약한 것들뿐이었죠. 그 이유는 무엇입니까?"

그린 족의 마을에서 보았던 와이번도 크게는 드래곤의 종족이었다.

"그건……."

드라코리치의 얼굴이 굳어지며 머뭇거렸다.

"제가 대답하기 너무 힘든 질문을 했습니까?"

"꼭 그런 건 아니시만……."

"이왕 시작한 거 말씀하시죠."

"어차피 알아야 하는 내용입니다."

찰스와 노노가 여전히 잔을 기울이며 드라코리치를 흘끔거렸다.

"좋아!"

드라코리치가 잠시 수행 기사들을 번갈아 본 후 결심한 듯 말했다.

"이건 비밀이지만 말해 주지."

알프레드의 눈빛이 반짝했다.

"우리의 발목을 잡았던 '대지의 뜨거운 물'은 나중에 알게 된 사실이었어. 그 내용을 보는 순간 나의 모든 꿈은 산산조각나고 말았네."

"무슨 내용이었는데요?"

"복수의 준비가 끝나갈 때쯤 나는 신들의 보물이 담겨 있는 봉인을 열려고 했지. 그래야 힘을 얻을 수 있다고 판단했어."

열두 신의 보물은 세상을 얻을 수 있는 최고의 방법이었다. 그래서 그게 헤라트가 하이드랜드를 공격하는 이유이기도 했다.

"그런데요?"

"봉인을 열지 못했네."

"왜요?"

이번에는 알프레드보다 내가 먼저 나섰다.

"선택받은 자가 아니었으니까."

해골 위로 아쉬운 표정이 씌워졌다.

"나는 단지, 보물의 주인이 나타날 때까지 신의 성전(聖殿)을 무사히 지키는 수문장일 뿐이었네."

"드라코리치님은 그런 사실을 전혀 모르고 아무 거리낌 없이 봉인을 열려고 했지. 하지만 알지 못할 힘이 우리를 막아섰어. 그리고는 신의 음성이 들렸네."

"뒤에 있던 우리들도 얼어붙을 정도로 싸늘한 목소리였지. 비록 짧은 시간이었지만 죽음보다 더한 두려움이 심장을 파헤치는 것 같았어."

찰스와 노노도 그 자리에 같이 있었던 것 같았다.

"신은 우리에게 말했지."

"선택받지 않은 자가 신의 보물에 손을 대는 순간 '대지의 뜨거운 물'이 범람하여 그들의 뼈까지도 전부 녹여 버린다고 했다."

노노가 말을 마치며 당시 상황이 떠오르는지 온몸을 부르르 떨었다.

대지의 뜨거운 물이 피에 잠기면 나는 현명한 인자를 통하여 다시 부활하리라.

나는 잠시 리쿠스 신의 예언을 생각했다.

"그 일이 있은 후에도 나는 복수할 마음을 버리지 못하고 '대지의 뜨거운 물'을 은밀히 찾아다녔지. 하지만 곧 포기하고 말았다."

"어째서요?"

"처음에는 '대지의 뜨거운 물'도 하이드랜드에 있는 줄 알았지. 신들의 보물과 함께 있을 거라고 여겼었는데 이곳에는 없었네."

"그래서 쓸데없는 생각 따위는 버리고 이렇게 즐기면서 살고 있지."

찰스는 술이 취하지 않나 보다. 연거푸 마셔도 대화 중에 꼬박꼬박 끼어들었다.

"물론 그 당시에는 포기하기 억울해서 오랜 세월 동안 힘들여 만들어놓은 드래곤 족을 이용하려고도 했지만 배후가 우리인 것을 알면 리쿠스 신이 가만히 있지 않을 거라고 판단했지. 헤라트의 공격을 방어만 하는 이유도 같은 이유에서야."

"하지만 전 샤론 족을 공격하던 드래곤 족을 보았어요."

"그래서 걱정이다."

할아버지의 얼굴이 시무룩해졌다. 드래곤 족의 대왕인 할아버지의 걱정을 나는 쉽게 알 수 있었다. 드래곤 족이 전쟁을 하기 위해 군대를 이끌고 하이드랜드를 자주 빠져나온다면 언젠가는 리쿠스 신의 노여움을 살 것이 분명했다. 그 결과 '대지의 뜨거운 물'로 심판을 빈게 되어 드라코리치를 비롯한 모든 드래곤과 드래곤 족은 전부 몰살될 지도 모르는 일이다.

"자, 자, 궁금한 게 풀렸으면 이제부터 먹고 마시고 즐기자."

그때 찰스가 우리의 얘기를 중단시키며 잔을 높이 들었다. 서서히 취기가 오르는 모양이었다.

"브라보!"

전혀 닮지 않았는데 드라코리치의 수행 기사인 노노와 찰스는 의견 투합이 잘되었다. 하기야 자세히 보면 피부의 매끈하고 거칠고 하는 느낌만 빼면 검은 머리하고 눈동자 등은 많이 닮아 있긴 했다. 특히 키는 정말 똑같았다.

"스쿠르벤드도 얼굴 풀고 한잔하게."

"그러죠."

할아버지가 잔을 들다가 알프레드를 보았다.

"자네도 이리 오게."

드래곤 족의 백전노장이 알프레드의 어깨에 손을 얹다가 균형을 잃고 앞으로 넘어졌다.

"이런!"

"하하하."

"스쿠르벤드도 늙었군."

"그러게 말이야."

분위기는 다시 좋아지고 있었다. 하지만 아무래도 말을 해야 할 것 같았다.

"할아버지."

"왜 그러냐?"

"사실은 누군가 저를 죽이려고 했어요."

"뭐, 뭐라고?!"

할아버지가 청동 잔을 떨어뜨렸다.

"다시 말해 보아라."

"사실 여기까지 오게 된 것은… 어떤 음모가 숨어 있기 때문이에요."

이번에는 알프레드도 말리지 않았다.

"지금까지의 얘기들을 정리해 보면, 만일 불순한 집단이 드라코리치가 지켜온 관례를 깨고 전쟁을 벌인다면 커다란 문제가 될 것이다. 그들이 제일 먼저 할 일은 뻔했다. 드라코리치의 추종자인 할아버지부터 제거하는 일일 것이다. 그래야 밖으로 군대를 끌고 나갈 수 있다. 나를 감시하던 남자들도 할아버지를 죽인다고 했다. 직접적으로 말한 것은 아니더라도 충분히 알 수 있는 일이었다. 어린 마음에 잘못된 판단일지도 모르지만 삼촌들과의 관계는 할아버지가 판단해서 처리할 것이다.

"그런 일이 있었구나."

"만일 두 아드님이 관련이 됐다면 드라코리치님을 비롯해서 다른 드래곤들에게도 해가 되지 않겠습니까?"

알프레드가 조심스럽게 나와 같은 의견을 내놓았다.

"이놈들이 기어이 일을 저지르는구나."

할아버지는 이를 갈았다.

"종종 섬 밖으로 나가 전쟁을 할 때부터 알아봤건만……."

찰스가 걱정스러운 얼굴을 했다.

"그냥 두면 안 되겠군."

노인도 동료와 똑같은 표정을 지었다.

"아직은 확실하지 않으니 조금 더 두고 보세. 하지만 윌리암을 죽이려고 한 것은 얼른 이해가 되지 않는군."

드라코리치는 일행들의 마음을 달래며 나를 바라보았다.

"그래도 준비는 해둬야 합니다."

노노가 술잔을 내려놓더니 일행들의 중심으로 나왔다.

"조사해 보면 윌리암에 대한 것도 나오겠지요."

머리가 영특한 드래코니안은 턱을 쓰다듬고 있었다. 그는 테이블을 짚고 서서 지그시 나를 쳐다보았다. 무슨 계획인지는 몰라도 내가 중요한 역할을 해야 할 것 같았다.

(6)

삼촌들이 꾸민 일이라면 나를 죽이려는 이유는 하나뿐이다. 갑자기 나타난 조카란 놈이 할아버지의 사랑을 너무 많이 받고 있으니 불안했을 것이다. 식 딜을 있으면서 느씬 선데 할아버지는 삼촌들에게 어떠한 정도 주지 않고 있었다. 다만 셋째 삼촌만은 할아버지가 특별히 챙기기도 했다.

"만일 처크티만이나 타갈로의 소행이라면 스쿠르벤드가 윌리암에게 자리를 물려줄까 봐 고민을 했겠지."

노노는 삼촌들의 이름을 들먹였다.

"말도 안 됩니다."

할아버지가 정색을 했다.

"아무리 내가 윌리암을 끔찍이 생각하고 있다곤 하지만, 그렇다고 드래곤 죽을 맡길 정도는 아닙니다."

"윌리암이 들으면 섭섭하겠네."

찰스가 나와 할아버지를 번갈아 보았다.

"아닙니다."

내가 웃음을 보였다.

"저도 할아버지를 이해합니다."

당연했다. 완벽한 드래곤 족의 핏줄 논란을 떠나서도 내 나이에 한 종족을 맡아서 이끈다는 것은 불가능한 일이었다.

"아무튼 그 정도로 급해졌다는 거겠지."

"맞습니다."

알프레드는 노노의 생각에 동조했다.

"드라코리치님의 말씀대로 좀 더 두고 봐야겠지만 우리도 대책을 세워야 합니다."

노노로부터 시작된 뜻이 한 군데로 모이고 있었다.

"놈들이 스쿠르벤드를 없애고 자기들 마음대로 군대를 움직인다면……."

"그래서 신들의 노여움을 산다면 드래곤이란 종족은 이 대륙에서 사라지는 거지."

찰스가 어깨를 들썩였다.

"좋은 생각이라도 있나?"

"저 꼬마에게 맡기려고요."

"윌리암에게?"

모두가 노노의 손가락을 쫓아 나를 바라보았다. 그들은 의외라는 표정을 지었지만 당사자인 나는 덤덤했다. 사실 노노의 의도가 무엇인지는 아직 파악하지 못하고 있었다.

"몇 번이고 계획을 세웠던 일입니다. 다만 적임자를 찾지 못했던 거죠."

"그러니까, 윌리암이 적임자라는 말이군."

"우리의 피가 섞인 샤론 족이니까요."

"의미있는 말이군요."

알프레드는 노노의 의도를 파악하고 있었다.

"그렇지만 우선은 윌리암이 자네 계획에 따를 건지부터 물어봐야지."

드라코리치가 나에게 얼굴을 돌렸다. 눈에 푸른 광채가 철철 넘쳐났다.

"일단은 노노님의 계획을 들어보고 결정할게요."

나는 노노가 나더러 적임자라고 하는 이유만 감지했을 뿐 무슨 일인지는 전혀 알지 못하고 있었다. 그래서 좀 더 확실하게 듣고 싶었다.

"그러고 보니 무척 궁금하군. 어떤 계획인지 함께 들어볼까?"

"간단합니다."

노노는 궁금해하는 드라코리치에게 웃음을 보였다.

"어서 말해 보게."

"윌리암을 통해서 세상을 지배하는 겁니다."

"뭐야?!"

찰스가 어이없는 표정이다.

"방법이 있습니까?"

알프레드는 입만 멍하니 벌리고 서 있는 나를 제치고 노노에게 바짝 다가가며 물었다.

"물론 있지."

"가르쳐 주십시오."

"자네가 더욱 바라는 것 같군."

"아닙니다. 윌리암도 바라던 일입니다."

알프레드는 호소하는 눈빛으로 나를 쳐다보았다. 그가 말하려는 뜻을 알고도 남았다. 문제는 항상 내가 늦다는 거였다. 누구보다도 샤론 족과 아버지의 복수를 맹세했건만 어떤 방법도 생각나지 않았다. 더군다나 하이드랜드에 와서는 친구들을 잃은 슬픔으로 자포자기하고 살았었다.

"윌리암, 그러냐?"

"맞습니다. 저 역시 바라던 바입니다."

"그럼 얘기하기가 쉬워지네."

"노노, 잠시만!"

찰스가 우리 사이에 끼어들었다.

"윌리암이 어떻게 세상을 지배한다는 거지? 아무런 힘도 없는 평범한 어린아이에 불과한데 말야."

"우리가 도와주면 되지."

"또?"

"없어!"

너무 쉽게 대답했다.

"정말 간단하군."

"엉."

"그게 오랫동안 생각했던 계획이야?"

"적임자가 없었다고 했잖아."

"윌리암 같은 아이는 드래곤 족에도 많아."

"능력으로 보면 더 뛰어난 애들도 많지. 하지만 그애들은 전부 드래곤 족의 피가 흐르지."

노노와 찰스의 토론이 이어졌다.

"잘못해서 드래곤 족의 아이가 세상을 지배하면 신들의 노여움을 살 수 있다는 사실을 잊고 있는 건 아니겠지?"

"좋아."

찰스는 한발 물러났다. 그도 잘 알고 있는 내용이었다.

"그럼 대륙에서 다른 아이를 데려와도 되잖아."

"그 아이는 믿을 수가 없지."

노노가 손가락을 들더니 찰스의 코앞에서 좌우로 흔들었다.

"배신을 할 수 있단 말인가?"

"우리의 피가 섞이지 않았으니까."

이로써 노노의 계획이 구체적으로 드러났다.

"윌리암."

"예."

"너도 드래곤의 피가 흐르는 것을 인정하느냐?"

나는 잠시 머뭇거렸다. 잘못하면 영원히 빠져나갈 수 없는 올가미가 될 수도 있다.

"윌리암, 대답해라."

"알프레드."

큰 스승은 고개를 끄덕였다.

"인정합니다."

"그럼 나의 제안을 받아들인 것으로 알겠다."

"예."

나는 똑바로 노노를 바라보았다.

"이제부터 잘 들어라."

"말씀하세요."

한데 노노는 나의 말에 잠시 대꾸를 않다가 대화의 초점을 돌려 할아버지에게 다가갔다.

"스쿠르벤드."

"예, 노노님."

"이 계획을 이루려면 윌리암이 드래곤 족의 후계자가 되어야 한다."

할아버지는 대답도 못하고 무척 놀랐다.

"가능하겠는가?"

"저의 손자이기에 가능할 수는 있지만 누구도 찬성하지는 않을 겁니다. 더군다나 오늘 같은 일을 저지를 정도면 놈들이 쉽게 그 자리를 포기하지 않을 겁니다."

"그렇겠군."

노노가 처음으로 표정이 굳어졌다.

"드라코리치님의 이름으로도 안 됩니까?"

알프레드는 조심스럽게 말을 꺼냈다. 다른 나라의 정치적인 일에 함부로 끼어든다는 것은 모욕을 줄 수도 있었다.

"나는 인간들의 일에는 관여하지 않는다."

"예."

알프레드가 허리를 굽히며 한발 물러났다.

"그럼, 셋째 삼촌을 후계자로 삼으면 안 돼요?"

"우로트고?"

"할아버지의 말을 제일 잘 따르는 삼촌이잖아요."

"그렇긴 한데……."

할아버지는 망설였다.

"우로트고는 너무 욕심이 없다."

노노가 대신 대답해 주었다.

"한 종족을 다스리려면 정치적인 야망이 있어야 하는데 우로트고는 이 세상에 나와서 사는 것조차 귀찮아하지. 아마 스쿠르벤드가 죽으면 하이드랜드를 떠나 숨어버릴 것이다."

"맞습니다."

할아버지가 인정했다.

"그리고 세상을 지배하는 일을 맡은 이상 윌리암이 무조건 왕이 되어야 한다."

노노가 나를 드래곤 족의 왕으로 세우려는 이유는 내가 세상을 지배하더라도 드래곤 족의 왕이므로 드라코리치를 숭배할 것이라는 생각 때문이었다. 하지만 나는 세상을 지배할 수 있다는 생각만이 머리 속에서 맴돌고 있어 다른 생각은 들어오지도 않았다.

"다른 방법은 없습니까?"

내가 보기에는 힘을 얻을 수 있는 좋은 기회였는데, 알프레드는 뭔가 미련이 많은 듯했다.

"스쿠르벤드."

노노가 또다시 할아버지를 불렀다.

"혹시 다른 방법이라도……?"

할아버지는 솔깃했다.

"그런 와중에서도 윌리암이 왕이 될 수 있는 조건부터 말해 보게."

"불가능한 일을 하면 가능할지도 모르죠."

"그 불가능한 일이 뭡니까?"

알프레드가 달려들듯 할아버지에게 몸을 돌렸다.

"전쟁에서 커다란 전과를 올리는 거지."

"드래곤 족의 용사로서 말이죠?"

"당연하지."

"어떻게 하면 되죠? 말씀해 주세요."

나는 할아버지를 애원조로 쳐다보았다. 지금으로써는 뭐든지 할 수 있을 것 같았다. 알프레드를 다시 만났고 노노로부터 세상을 지배할 수 있는 방법을 제시받은 것이다. 잊어버렸던 포부가 꿈틀거리기 시작했다. 힘만 생긴다면 헤라트를 없애고 아버지의 복수와 함께 샤론 족에게 걸려 있는 저주도 풀 것이며, 아버지가 그렇게 꿈꾸던 자유와 평화가 넘치는 인간 세상을 만들 수도 있을 것이다.

"정말 불가능한 일이다."

할아버지는 나의 머리를 어루만졌다.

"무엇인데요?"

"파이로텐 벌판에는 헤라트의 정예 부대인 철갑단이 배치되어 있다."

"철갑단?"

나는 그 이름을 잊지 못하고 있었다.

"그 철갑단의 마스터 기사인 하멜을 잡아온다면 가능할지도 모른다."

"하멜을?!"

찰스가 나보다 더욱 놀랐다.

"레드 드래곤과 실력이 비슷하다는 하멜을 윌리엄이 잡아와야 한단 말인가?"

"그렇습니다."

"정말 불가능한 일이군."

"그래서 우리가 도와줘야 한다고 했잖아."

노노는 느긋했다.

"후치우디스, 그건 곤란할 것 같네. 철갑단의 하멜을 이길지는 모르지만, 설령 그놈을 잡는다고 해도 잘못하면 우리가 오해를 받을 수 있어."

"드라코리치님의 말씀이 맞습니다."

할아버지도 걱정스런 얼굴로 노노에게 말했다.

"으음……."

노노는 주위에서 반대를 하자 깊은 한숨을 내쉬었다.

"…무슨 일인지 제가 알면 안 되겠습니까?"

알프레드가 답답해서 묻자 할아버지가 대답해 주었다.

"우리가 여러 가지 상황을 만들어서 마음대로 왕을 정한다면 사람들이 드래곤에게 등을 돌릴지도 모른다는 얘기네."

"너군나나 드래곤 족의 피가 반밖에 흐르지 않는 윌리암을 돕는다면 더욱 그렇겠지. 이번에는 자네가 너무 쉽게 생각한 것 같군."

찰스가 노노를 바라보며 그렇게 말했지만.

"마법으로 도우면 아무도 눈치 채지 못할 거야."

노노는 끝까지 자신의 뜻을 굽히지 않았다.

"윌리암의 근처에 있기만 해도 알아챌 거야."

"그렇습니다."

할아버지였다.

"답은 정해져 있군요."

니는 주변을 둘러보며 미소를 지었다.

"윌리암, 내가 너무 무리한 제안을 했나 보다."

모두들 반대하자 노노도 고개를 떨구었다. 그는 적임자만 나타나면 모든 계획이 쉽게 풀릴 것으로 믿었다. 모자라는 능력은 옆에서 그들이 도우면 큰 문제는 없다고 본 것이다.

"몇천 년을 기다려 온 일인데……."

아쉬운 목소리였다.

"그 마음 이해합니다."

할아버지가 달랬다.

"아직 포기하기엔 빨라요."

나는 자신있게 말했다.

"우리 도움 없이 철갑단과 싸운다는 것은 죽음밖에 답이 없다."

"만일 내가 신들의 보물을 가질 수 있는 주인이라면 되잖아요?"

"그렇지. 그 보물만 가질 수 있다면 전혀 불가능한 것도 아니지."

잠시 침묵이 흘렀다.

"드라코리치님, 보물이 있는 신전으로 가보죠."

"그러다가 네가 적임자가 아니면 '대지의 뜨거운 물'이 너를 태울 것이다."

"한번 해볼게요."

느낌이 좋았다. 왠지 내가 그 보물의 주인 같았다. 어쩌면 노노의 제안을 받고서 기분이 들떠 있는지도 몰랐다. 그렇기에 솔직히 내 스스로가 보물의 주인이라 믿고, 그래서 노노의 말대로 세상을 얻었으면 했다.

"윌리암, 그만두자."

알프레드가 조용히 말렸다. 그러나 나는 호기를 부렸다.

"보물들이 나를 부르는 것 같아."

"아무리 급해도 모험을 해선 안 돼. 너는 샤론 족의 희망이야."

"알아."

나와 알프레드는 더 이상의 말을 아낀 채 서로를 쳐다보았다. 그때 드라코리치가 나를 재촉했다.

"신전으로 가보자!"

"좋아요."

나는 얼른 드라코리치의 뒤에 붙어 섰다.

"……."

내 뜻을 짐작하고 순순히 따라오던 알프레드가 어느 순간 나에게 눈짓을 해와 나는 그를 거울 속으로 불러들였다.

"드라코리치는 너를 위해 보물이 있는 신전으로 가는 것은 아니다."

"알프레드……!"

알프레드의 갑작스런 말에 나는 너무 놀라 드라코리치를 바라보았다. 하지만 그는 알프레드의 목소리를 듣지 못한 것 같았다. 다른 일행들도 마찬가지였다. 어떤 이유에서인지는 몰라도 거울 속에 들어간 알프레드가 나에게만 음성을 전달해 왔다.

'…내 말이 들려?'

나도 속으로 말을 해보았다.

"그럼."

'마음속으로 말한 건데 들린단 말이지?'

"아주 똑똑히 잘 들려."

'잘됐구나.'

내가 마음속으로 하는 말이 거울 속에 있는 알프레드에게 전달된다는 게 무척 신기하게 느껴졌다.

'근데, 무슨 말 하려고 그런 건데?'

"노노의 말을 듣던 드라코리치의 눈에서 잃어버렸던 야욕을 볼 수 있었어."

'그래서?'

"드라코리치는 네가 보물의 주인이기를 바랄 것이다. 그래야 헤라트를 물리치고 세상을 지배할 테니까 말야."

'나는 샤론 족이야.'

"하지만 그는 그렇게 생각하지 않을 거야. 너는 드래곤의 피가 섞인 자신의 대변인이지."

'그래도 리쿠스 신과의 약속이 있는데 나를 이용할 수 있을까?'

"잘 생각해 봐."

나는 알프레드의 말을 얼른 알아듣지 못했다.

"네가 보물의 주인이면 '대지의 뜨거운 물'은 넘치지 않는다."

'정말!'

드라코리치의 말이 맞는다면 가능한 추리였다. '대지의 뜨거운 물'이 넘치지 않는다는 말은 드래곤들에게 자유를 준다는 말이었다. 내가 신들의 보물을 가지고 그들을 막을 수는 있겠지만 그것은 있을 수 없는 일이었다.

'노노에게도 그런 생각이 있었구나.'

"너무 믿으면 안 된다."

'알았어.'

내가 세상을 지배하고 드래곤 족의 왕이 된다고 해도 드라코리치의 명령을 받아야 한다. 할아버지를 비롯하여 모든 드래곤 족은 드라코리치에게 복종을 맹세하고 신으로 모시고 있었다. 나 역시 스쿠르벤드 대왕의 자손이었다.

'간단하지만 너무 위험한 계획이네.'

"윌리암, 그래도 어쩔 수 없구나."

선택의 여지가 없는 일이었다.

'어차피 여기까지 온 거 제발 내가 주인이어서 세상을 얻을 수만 있다면 좋겠어.'

나는 노노의 제안을 받아들인 후부터 복잡하게 생각하지 않기로 했다. 세상을 얻을 수만 있다만 뭐든지 할 거라고 다짐하고 있는 것이다.

"리쿠스 신이 함께할 것이다."

알프레드와 텔레파시로 대화를 마치고 주위를 살펴보았다. 우리 일행들은 이미 식사를 하던 동굴을 떠나 어둡고 습기가 가득 찬 성전으로 자리를 옮긴 후였다.

"라이트!"

어둠만이 깔려 있던 성전이 노노의 마법으로 환하게 밝아졌다. 그러자 좁은 통로가 나타났다. 그 뒤로 넓은 광장이 보이는 듯했지만 자세한 것을 알 수 없었다.

"여기가 신들의 보물이 봉인된 곳이구나."

거울에서 나온 알프레드는 긴장했다.

"칙칙해."

나는 벽에 짙게 끼어 있는 이끼를 손으로 떼어내며 인상을 썼다.

"발 밑을 조심해라."

드라코리치가 낮게 소리쳤다.

"한 녕씩 지나간다."

우리는 드라코리치의 뒤에 줄을 서서 그와 발길을 똑같이 짚으며 따라갔다. 찰스와 노노는 몇 번 와봤는지 별 불편 없이 좁은 길을 걸어갔다. 할아버지도 그럭저럭 잘 빠져나가고 있었다. 하지만 맨 뒤에서 쫓아가던 나만 두 눈에 잔뜩 힘을 주고 한 걸음 한 걸음 신중을 기하고 있었다.

"어라?!"

옮기던 발이 바닥에 깔려 있던 돌에 걸리며 몸이 기우뚱했다.

"조심해!"

뒤를 돌아보던 노노가 소리쳤다.

"으읍!"

나는 양팔을 벌려 균형을 잡았다.

"이곳에 함정이 있어. 다른 데를 밟으면 우린 끝이다."

"알았어요."

몇 번을 푸드덕거리며 날갯짓을 한 다음에야 겨우 균형을 잡았다.

"됐다."

내가 안도의 한숨을 쉬자 뒤를 돌아보던 일행들이 다시 앞으로 나갔다.

"윌리암!"

"잠깐만……."

이마에 땀방울이 맺혔다. 비록 날갯짓을 해서 몸의 균형은 잡았지만 나는 움직일 수가 없었다. 바짝 앞으로 숙인 몸에서 '헤데지바의 거울'이 빠져나오고 있었다. 옷자락에 겨우 걸려 언제 떨어질지 모르는 위태위태한 상황이었다.

"착하지."

거울을 달래며 손을 조심스럽게 가슴으로 가져갔다.

"윌리암, 뭐 해?"

좁은 길을 다 빠져나간 드라코리치 등이 내 쪽을 바라보고 있었다.

"일이 생겼습니다."

거울에서 나온 알프레드가 아무 탈 없는 일행들이 서 있는 곳으로 날아갔다.

"침착하게 해라."

"걱정 마세요."

나는 일행을 안심시켰다. 하지만 내 마음과는 다르게 거울이 자꾸 앞으로 쏠아졌다.

"조금만 더……."

손끝이 거울에 닿으려는 찰나, 거울은 내 손을 거부하고 바닥으로 떨어졌다.

덜컥—

"윌리암!"

알프레드의 비명을 듣는 순간 벽이 갈라지는 것을 보았다. 그 틈으로 수많은 화살들이 비 오듯 쏟아졌다.

슉슉슉—

어쩌면 화살이 날아오는 것을 보며 알프레드의 외침을 들었는지도 모른다. 거의 동시에 이루어진 일이었다. 내가 이 순간에 할 수 있는 일은 눈을 감는 것뿐이었다.

"프로텍터!"

투명한 둥근 껍데기가 나를 감싸며 앞으로 굴렀다.

팍팍팍!

손가락보다 더 굵은 화살들이 투명 공에 부딪치며 맥없이 떨어졌다.

"아구구~!"

내 몸이 휘청거리며 투명 공 안에서 넘어졌다. 내가 중심을 못 잡고 이리저리 넘어지자 공이 앞뒤로 왔다 갔다 했다.

슉슉슉—

화살도 내가 움직이는 데로 쏟아져 나왔다. 그러나 공의 표면에 닿자마자 땅바닥에 떨어지는 무능한 모습을 보여주었다. 만일 이런 통로를 신들께서 만들었다면 이 땅 위에 사는 종족들을 너무 무시한 듯했다. 드워프들의 능력이 아무리 좋다고는 하지만 신의 전능을 넘어서지는 않는다.

"윌리암, 일어나서 걸으며 공을 앞으로 밀어라."

멀리서 알프레드의 목소리가 들렸다.

"이렇게 하란 말이지?"

나는 다리에 균형을 맞추어 조심스럽게 일어났다. 그리고는 벽을 손으로 짚었다.

출렁!

공이 움직였다.

"재미있네."

한 발을 앞으로 디디자 투명 공이 굴러 나갔다.

"알프레드, 조금만 기다려."

나는 천천히 공 안에서 걷기 시작했다.

(7)

　좁은 통로를 빠져나와 눈앞에 펼쳐진 광경은 땅속에서 보았던 호수
와는 비교도 되지 않았다. 신들이 대륙을 만드는 과정을 수놓은 그림
이 천장을 둘러 양쪽으로 서 있는 기둥까지 온통 금빛으로 그려져 있
었다. 갑옷을 걸친 기사 모양의 기둥 사이로 은은히 푸른 기운이 흘러
다녔다. 그 속에 묻혀 있는 사람 크기의 12개의 석상은 붉은빛이 도는
투명한 수정인 듯했다.

　"아무도 살지 않는 곳이란 게 믿어지지 않아요."

　나는 입을 다물지 못했다.

　"세상에 이런 곳이 있다니……!"

　알프레드도 성전의 내부를 보고는 감탄만 하고 있었다. 좁은 통로를
지날 때만 해도 전혀 짐작도 할 수 없는 모습이었다. 큰 스승이 신전의
모습에 넋이 빠져 있는 동안 노노가 내 몸을 이리저리 더듬거렸다.

"윌리암, 정말 괜찮으냐?"

"그렇다니까요."

나는 노노의 손을 툭 치며 신전 앞으로 걸어갔다.

"거참! 신기하네."

찰스가 나를 둘러보았다. 그들은 아무래도 이해가 가지 않나 보다.

"화살이 쏟아지는 데 살아나다니… 보고도 못 믿겠다."

보기에는 그랬다. 빽빽이 날아오던 굵은 화살들이 내 몸에 부딪치는 순간 모두 두 동강이 나면서 바닥으로 떨어졌다. 물론 '헤데지바의 거울'이 해낸 일이었다. 하지만 거울의 진짜 능력을 아는 것은 알프레드뿐이어서 나머지 일행은 그저 신기하게 나를 쳐다볼 뿐이었다.

"거울에게 그런 힘이 있다니 믿을 수 없는 일이다."

드라코리치는 여전히 의심스런 눈빛이었다.

"사실은 저도 아직 어리벙벙해요."

나는 신전을 이리저리 살피며 건성으로 말을 했다.

"으음."

일행들의 눈빛이 나를 처음 봤을 때와는 조금 변해 있었다. 힘이라고는 전혀 없어 보이던 꼬마의 능력이 무시 못할 정도라고 느끼나 보다. 아니면 드워프들의 장난감이 대단하고 생각하는 걸지도.

"이제 가봐라."

찰스가 등을 밀었다.

"윌리암, 제발 주인이기를 바란다!"

알프레드가 애원하듯 말했다.

"틀림없이 내가 주인일 거야."

나는 스스로를 달래며 떨리는 마음을 진정시켰다.

"후우!"

깊게 숨을 몰아쉬며 12개의 투명 석상이 서 있는 신전으로 다가갔다. 가까워질수록 정체를 알지 못할 푸른 기운이 더욱 요란하게 움직였다.

"천천히 손을 뻗어보아라."

뒤에서 드라코리치가 침을 삼키며 말했다. 아무리 오랜 세월 동안 살아온 그였지만 이 순간만은 어쩔 수 없나 보다. 만일 내가 선택된 사람이라면 그의 꿈은 다시 살아날 수 있는 것이다.

"주인은 나야."

나는 손을 들어 가운데 서 있는 리쿠스 신의 투명 석상을 잡으려 했다.

[멈추어라!]

푸른 기운이 요동을 쳤다.

[함부로 신의 몸에 손대지 마라!]

"누… 구지?"

나는 침범할 수 없는 힘에 밀려 뒤로 물러났다.

"신의 전령이다!"

곁에 바짝 붙어 있던 드라코리치였다.

[보물의 주인이 아닌 자는 물러나라!]

흔들리던 푸른 기운이 천천히 수그러들었다.

"제가 주인이 아닌가요?"

신의 전령은 대답하지 않았다. 다만 푸른 기운이 두 줄기로 뻗어 나와 나를 감쌌다.

"윌리암!"

내 몸이 공중으로 올라서자 알프레드는 놀랐다.

"주인인지 아닌지 시험하는 거야."

경험이 있는 드라코리치의 목소리가 들렸다.

"나도 저렇게 공중에 떠서 오랜 시간 동안 머물러 있었네."

"보물의 주인을 가리는 의식인가요?"

"그렇지. 정확히 말하면 틀에 맞추는 거네."

푸른 기운은 나를 수평으로 눕히며 신전의 중앙으로 끌고 갔다.

"깜짝 놀란 나는 빠져나오려고 했지만 힘을 쓸 수가 없었지."

드라코리치의 목소리가 작아졌다.

"뭐 하는 거지?"

공중에 멈추어 있던 나는 고개를 돌려 겨우 아래를 보았다. 열두 신의 투명 석상이 양쪽으로 벌어져 있었다. 그 사이는 끝이 보이지 않는 검은 구덩이였다.

"으응?"

둥글게 벌어져 있던 구덩이가 꿈틀거리며 사람 모양으로 바뀌어갔다. 마치 땅 위에 비친 나의 그림자 같았다. 신전에 모여 있던 푸른 기운이 사람 형태의 구덩이로 빨려 들어갔다. 어느 정도 공중에 흩어져 있던 푸른색이 사라지자 그림자에서 강렬한 빛을 쏘아냈다.

"어헉!'

뜨거운 기운이 훅 하고 올라왔다. 조금 전보다 더 진한 푸른색이었다.

[주인이 아닌 자가 보물에 손을 대면……]

몸이 점점 열기로 달아올랐다.

[대지의 뜨거운 물이 넘쳐흘러 너의 뼈까지 녹여 없앨 것이다.]

쫘아악!

빛은 더욱 강하게 내 몸을 두드렸다.

"으윽!"

정신이 몽롱해지며 온몸이 부서지는 느낌을 받았다. 그때 푸른빛이 갑자기 사라지며 원래 서 있던 장소로 퉁겨 나가듯 던져졌다.

쿵!

"윌리암!"

알프레드가 달려와서 나를 껴안았다.

"정신 차려라."

다른 일행들도 달려왔다. 할아버지의 걱정스러운 얼굴이 제일 먼저 보였다.

"너도 아닌 것 같다."

노노가 나를 달래주었다.

"아니라고요?"

나보다 알프레드가 더욱 실망한 모습이다.

"전에 드라코리치님도 그랬거든."

"주인이면 어떻게 되는데요?"

몸을 일으키며 내가 물었다.

"신전 사이로 들어가지."

"보물들을 전부 가지고 나올 수 있게요?"

"그 안에서 무슨 일이 벌어지는지는 몰라도 결론은 그렇지."

찰스가 자세히 설명해 주었다.

"그런데 큰일이다."

드라코리치의 표정이 심각하게 변했다.

"왜요?"

"내가 전에 이곳에서 쫓겨날 때 들었던 경고 때문이야."

"경고라니요?"

할아버지의 눈길을 피해 노노와 찰스도 입을 다물었다.

"어떤 종족이라도 드래곤의 피가 섞인 자가 다시 한 번 이곳에 찾아오면……"

드라코리치는 다음 말을 멈추었다.

"우선 여기를 피하자."

"어떻게 된다고 했습니까?"

"시간이 없다."

대답을 회피했다.

"말씀해 주세요."

"이 자리에서 바로 죽음이다."

노노가 대신 말을 했다.

"처음부터 그런 말씀은 하지 않았잖아요."

나는 의아한 표정을 지었다.

"시끄럽다!"

드라코리치가 갑자기 소리를 질렀다. 그동안 보여주었던 친근감은 찾아볼 수가 없었고, 오로지 자신의 부하들만 챙기기에 바빴다.

"우리라도 피해야 한다."

"윌리암을 데려가면 안 됩니까?"

할아버지는 드라코리치에게 애원하듯 그렇게 말했지만 소용없는 일이었다.

"안 돼!"

"왜요?"

"같이 있던 우리까지 다친다."

"드라코리치님……."

할아버지는 어쩔 줄을 몰라 했지만 그는 매우 냉정했다.

"스쿠르벤드, 내 말을 거역하겠다는 건가!"

"아, 아닙니다……."

"노노, 자네가 무리수를 썼어."

"몇천 년 만에 처음 온 기회라 그랬지."

찰스가 노노를 나무라자 노노는 자신의 계획이 수포로 돌아가 아쉬운 듯 입술을 깨물었다.

"나 역시 기대했던 거니까 너무 그럴 거 없어."

드라코리치는 노노의 어깨를 두드리며 위로했다.

"우선 여기부터 떠나자."

"예!"

"스쿠르벤드도 따라와라!"

"……."

멍하니 있던 나를 뒤에 두고 드라코리치의 일행은 그 자리를 떠났다. 할아버지는 차마 그들을 따라가지 못했다.

"할아버지."

"네가 이해해라."

"그래도 너무하네요."

알프레드는 드라코리치 일행이 사라진 허공을 바라보았다.

"나도 가야겠다."

할아비지는 내 눈을 바로 쳐다보지 못했다.

"저는 괜찮아요."

나는 할아버지의 난감한 표정을 이해했다. 평생을 드라코리치를 신으로 여기고 살던 분이다. 눈에 넣어도 아프지 않을 손자이지만 종족을 전부 버릴 수는 없을 것이다.

"윌리암……."

돌아서는 할아버지의 눈가에 이슬이 맺혀 있었다. 드라코리치의 말대로라면 살아 있는 모습을 마지막으로 보는 순간이었다.

"빨리 가세요."

"미안하다."

고개를 떨구며 할아버지는 사라졌다.

"역시 드래곤은 어쩔 수 없구나."

알프레드가 한숨을 내쉬었다.

"내가 보물의 주인공이었으면 어떻게 했을까?"

"후후후, 지금보다 더욱 친한 척했겠지."

"그런데 왜 아무도 안 나타나지?"

"그러게 말이다."

내가 구덩이 위에서 튕겨 나온 지 꽤 시간이 지났는데도 신전은 조용했다. 드라코리치 일행과 할아버지가 이곳에서 빠져나가는 동안 신전은 아무 변화도 없었다.

"조용하니까 더욱 불안하다."

"우리도 여기서 나가자."

"맞아."

알프레드와 나는 그 생각을 못하고 있었다. 아무 일도 일어나지 않는데 스스로 죽음을 기다린다는 것 자체가 우스웠다. 너무 드라코리치의 말을 믿었나 보다.

"너무 오래된 일이라 신의 전령이 잊어버린 것 같군."

"그냥 경고만 했을 수도 있지."

우리는 긴장을 풀며 아무 일도 벌어지고 있지 않는 현재 상황을 나름대로 판단했다.

"가자!"

나는 알프레드의 영혼을 앞세우고 신전의 입구였던 좁은 길로 걸어갔다. 순간 신전에 퍼져 있던 푸른 기운이 신전 전체에 일렁거렸다.

[멈추어라!]

준엄한 남자의 음성이었다.

"……."

나도 모르게 걸음이 굳어버렸다.

[심판을 받아라!]

목소리가 들리는 곳으로 몸을 돌렸다.

[드래곤의 피가 흐르는 사가 감히 나의 경고를 무시하고 이곳에 오다니.]

"몰랐습니다."

알프레드는 내 앞을 막았다.

[변명은 통하지 않는다.]

"드라코리치가 이리로 데려왔습니다."

[주인이기를 바란 것은 너다.]

목소리는 나를 가리켰다.

[죽어라!]

변명이고 뭐고 말할 틈도 없었다. 목소리는 알프레드를 뚫고 기차

없이 달려왔다.

[신의 이름으로 죄인을 처단한다!]

하얀 그늘이 허공을 가르며 내 목을 쳤다.

[으읍!]

무거운 충격이 내 몸에 떨어지며 목소리의 신음을 들었다.

"윌리암!"

알프레드는 놀란 눈으로 나를 바라보았다.

"무슨 일이지?"

충격만 잠시 있었을 뿐 내 몸에는 아무 이상이 없었다. 오히려 목소리의 형태가 흐릿한 윤곽으로 나타났다.

[너는 누구냐?!]

수염을 길게 늘어뜨린 남자는 덩치가 매우 커다랗다. 전에 어드포이쿠 신전에서 보았던 흙으로 만든 골렘(Golem)과 비슷했다. 하체만 겨우 가린 채 상체를 모두 드러낸 모습이 강하다 못해 잔인하게 보였다.

"윌리암이라고 합니다."

남자의 기세에 눌리어 나답지 않게 움츠러들었다.

[죽은 사람을 데리고 다니는 것도 보통이 아닌 것 같은데 신의 물건까지 가지고 있다니, 너의 정체가 궁금하구나.]

"무슨 말인지는 모르겠지만 이 거울은……."

나는 가슴에서 '헤테지바의 거울'을 꺼냈다. 이번에도 거울이 능력을 발휘했다고 생각했다.

[그 따위 물건으로 신의 전령인 나를 막지는 못한다.]

"혹시?"

알프레드가 나를 살펴보았다.

[그 목걸이는 어디서 얻었느냐?]

"라이브 스톤?"

신의 전령이 나를 해치지 못한 이유를 알았다.

[리쿠스 신이 남긴 목걸이가 어떻게 드래곤의 피가 흐르는 네 손에 있는 거지?]

"말하자면 길어요."

[…물러가라.]

"그냥 가라고요?"

신의 전령이 쉽게 포기하자 오히려 내가 이상했다.

[라이브 스톤은 이 세상 최고의 신인 리쿠스님의 선물이다.]

"……"

[나로서는 감히 너의 생명을 해치지 못한다.]

사내의 형체가 방향없이 일그러졌다.

[어서 가라!]

신의 전령이 마지막 말을 남기고 사라졌다.

"윌리암, 가자."

알프레드가 눈치를 보며 나를 재촉했다.

"어엉."

나는 알프레드와 함께 신전의 밖으로 나가기 시작했다. 들어올 때 화살을 쏟아 붓던 좁은 길도 별 탈 없이 지나갔다.

"이제는 어떻게 하지?"

"글쎄다."

"우신은 할아버지에게 가야겠지?"

"으음."

알프레드의 대답이 시원치 않았다.

"좀 더 생각해 보자."

"알프레드! 혹시 할아버지를 의심하는 건 아니겠지?"

알프레드는 내가 갑자기 정색을 하며 그렇게 말하자 눈만 깜빡였다.

"아냐, 잘못하다가 스쿠르벤드님에게 해를 끼칠까 봐 그러지."

"하기야… 드래곤들은 내가 죽은 줄 알고 있을 테니까."

내가 만일 할아버지에게 바로 가면 드라코리치는 가만히 있지 않을 것이다. 내가 살아온 이유를 물을 테고, 라이브 스톤의 존재를 안다면 가만히 있지 않을 것이 틀림없었다.

"거의 다 왔나 보다."

다음 거처를 정하며 앞으로 걸어가던 우리 앞으로 환한 빛이 비춰 왔다.

"저쪽이다."

저녁 무렵에 이곳에 들어왔는데 벌써 아침이 밝아 있었다.

"시간이 이렇게 빨리 갔나?"

알프레드도 이상한가 보다.

"아무튼 어서 나가자."

우리가 막 빛을 향해 걸어가려고 할 때였다.

"축하해."

여자였다. 황금 가운을 입고 있는 그녀는 너무 아름다웠다.

"당신도 신의 전령인가?"

"나는 신전을 떠도는 카리카라는 요정일 뿐이야."

알프레드가 내 앞을 가로막으며 묻자 여자가 새침하게 자기소개를 했다.

"그런데 뭘 축하한다는 거지?"

"호호호."

여자는 알프레드의 태도에 당황했는지 웃기만 했다.

"왜 웃지?"

"정말 모른단 말이야?"

"그래."

"여기를 나갈 수 있는 사람은 신전 입구를 지키는 드라코리치하고 보물의 주인뿐이야."

맞는 말이다.

"그렇다면 뻔한 거 아냐?"

요정은 내가 보물의 주인인 줄로 알고 있었다.

"으음."

나는 고개를 끄덕거렸다.

"그렇게 잘 알면서 보물의 주인을 막는 이유가 뭐지?"

"신의 전령께서 너를 따라가서 한 가지 소원을 들어주라고 하더군."

"소원을?"

"응. 리쿠스 신의 성스러운 신표(信標)에 대항했던 자신의 잘못을 조금이라도 갚고 싶으시다고."

"그렇군."

나는 라이브 스톤을 만지작거리며 리쿠스 신을 성심껏 모시려는 전령의 마음을 헤아렸다.

"뭐든지 들어줄 수 있나?"

"가능한 거면 들어줄 수 있지."

"윌리암, 이곳부터 빠져나가자."

알프레드는 나에게 눈짓을 했다. 공간 이동이란 마법을 통해서 신전으로 들어왔기 때문에 우리는 나가는 길을 모르고 있었다. 그런데 그 순간 나는 엉뚱한 소리를 뱉고 말았다.

"이럴 때 맥슨이라도 있었으면 좋겠다."

"윌리암!"

"미안."

"……."

알프레드는 아무 말도 하지 않았다. 왜 그런 소리를 했는지는 나도 모른다. 잊고 있던 사실을 꺼낸 내 자신이 정말 미안했다. 비록 영혼이라는 형태였지만 알프레드가 곁에 있다는 사실이 마음을 편하게 했던 것 같다. 더군다나 앞날의 계획이 뚜렷하지 않은 이 시점에서 절실했던 것은 나를 지켜줄 친구였다.

"맥슨이 누구지?"

"내 친구야."

"어디에 있는데?"

"……."

나는 죽었다는 말을 하지 못했다. 잊고 있던 슬픔이 밀려왔다.

"죽었네."

알프레드가 대신 대답했다.

"죽어?"

요정이 어이없어했다.

"죽은 사람을 살려내라는 것은 아니겠지?"

"무리한 줄은 알지만 뭐든지 부탁하라고 해서……."

"다른 소원은 없어?"

"당장 생각나는 것은 없어."

"꽤 친했던 친구 같군."

"응. 정말 보고 싶어."

나는 등을 돌리며 한숨을 내쉬었다.

"어디서 죽었는데?"

"파이로텐 벌판."

"그럼 시체를 묻었나?"

"드래곤 족의 묘지에 묻었어."

삼촌들의 반대를 무릅쓰고 할아버지가 그곳에 묻어주었다. 드래곤 족의 성지나 다름없는 전사들의 묘지였다. 맥슨과 알프레드가 드래곤 족은 아니었지만 손자인 나를 구하기 위해 헤라트의 병사들과 싸웠다는 사실을 중시한 것이다.

"알프레드도 그곳에 있지."

"이 고스트의 이름이 알프레드인가?"

"그렇다."

알프레드는 씁쓸한 표정을 지었다. 영혼은 여기 있지만 자신의 육체가 묘지에 있다는 사실이 꺼림칙할 것이다.

"드래곤 족의 묘지라면 가능할 수도 있지."

"정말?!"

나와 알프레드가 동시에 소리를 질렀다.

"보게 해줄 수는 있다. 하지만 살릴 수는 없어."

"어떡하면 볼 수 있지?"

"지하 세계로 들어가는 표식을 너에게 주마."

"가능하단 말이지?"

"정녕 그것이 소원이라면 들어줄 수 있다."

"알프레드."

나는 알프레드의 의견을 따르기로 했다. 당장 맥슨이 보고 싶은 것은 사실이지만 딱 한 번뿐인 소원을 내 마음대로 할 수는 없었다.

"윌리암, 맥슨을 본다고 달라지는 것은 없다."

"그래도……."

"냉철하게 판단해야 한다."

알프레드가 강하게 주의를 주었다.

"알았어. 우선 이곳에서 벗어나자."

일단은 살아야 했다.

"잘 생각했어. 라이브 스톤이라도 있다면 또 모를까, 지하 세계로 가서 죽은 자를 봐야 아무 소용이 없지. 굉장히 위험하기도 하고 말야."

요정도 생각이 달라진 나를 보며 긍정적인 모습을 보였다. 하지만 내 귀가 솔깃한 것은 다른 이유에서였다.

"다, 다시 말해 봐!"

"뭘?"

"뭐가 있으면 지하 세계… 어쩌구 했잖아!"

나는 다급한 마음에 목소리를 높였다.

"라이브 스톤?"

"그래, 라이브 스톤!"

요정은 내 목에 걸려 있는 라이브 스톤의 존재를 모르고 있었다. 신의 전령이 거기까지는 말하지 않은 것 같았다.

"응. 라이브 스톤이 있으면 죽은 자도 살릴 수 있지."

"이거 말이지?"

나는 들뜬 목소리로 목걸이를 요정에게 보여주었다.

"이럴 수가⋯⋯!"

이번에는 요정의 음성이 떨려 나왔다.

"그랬구나."

요정은 무엇인가 수긍이 가는 모습이었다.

"전령이 말했던 리쿠스 신의 신표가 이것이었구나."

"말해 봐. 이것만 있으면 맥슨을 살릴 수 있어?"

"아직 한 번도 본 적이 없는 일이지만, 신의 약속이니까 가능할 거다."

"정말?"

"그럼."

알프레드가 입술에 힘을 주었다. 그 모습을 보며 나는 환호성을 질렀다.

"야호!"

아직 확실한 것은 아니었지만 그래도 맥슨을 살릴 수 있는 방법이 하나라도 생겼으니 이보다 더 좋을 수는 없었다.

"그렇게 좋으냐?"

"당연하지."

인자한 웃음으로 나를 바라보던 알프레드와 눈이 마주쳤다. 순간 왠지 모를 미안함이 가슴속으로 밀려왔다.

"알프레드."

"윌리암, 왜 그래?"

펄쩍펄쩍 뛰던 내가 갑자기 시무룩해지자 알프레드가 놀란다.

"미안해."

"나도 있는데 맥슨만 살려서?"

역시 알프레드였다. 그는 내 마음을 꿰뚫고 있는 듯했다.

"하하하, 나는 괜찮다. 이렇게라도 네 곁에 있으면 만족한다. 그러니 아무 걱정 말고 어서 맥슨이나 구하러 가자."

너털웃음으로 내 마음을 헤아려 주는 알프레드가 고마웠다.

"그래, 맥슨을 구하러 가야지."

나는 물끄러미 큰 스승을 바라보았다. 알프레드가 나하고 눈이 마주치자 쑥스러운지 미소를 크게 지었다.

"윌리암, 어서 요정에게 말해야지."

알았어."

나는 요정을 향해 똑바로 섰다.

"이제 지하 세계로 가는 표식을 줘요."

이미 결정은 났다.

"그러지."

요정은 간단한 주문을 외우더니 품에서 황금으로 만든 열쇠를 꺼내 주었다.

# PART VIII

# 다른 세계

(1)

우리는 다시 신의 신전으로 들어갔던 좁은 통로의 입구에 와 있었다. 요정의 말에 의하면 이 근처에 열쇠를 꽂을 수 있는 구멍이 있다고 했다. 다시 말해서, 이곳은 신이 다스리는 두 개의 다른 세상을 갈라놓은 접경이었다. 신의 보물을 얻을 수 있는 최고의 세상과 죽어야만 갈 수 있는 최악의 세상이 겹쳐 있는 것이다.

"윌리암, 이리로 와봐."

"찾았어?"

"여기가 이상한 것 같아서."

알프레드가 손짓하는 곳으로 갔다. 성전으로 들어가는 좁은 길은 넓적한 돌이 톱니바퀴처럼 이어져 깔려 있었다. 성전으로 들어갈 때 윌리암이 뒤뚱했던 이유도 돌을 이어놓은 틈새가 일정하지 않았기 때문이었다.

"이 틈이 조금 다르게 보이지?"

"그러게."

무릎을 꿇고 유심히 살펴보았다. 다른 틈은 두 돌이 일정한 간격을 유지하며 맞물려 있었는데 알프레드가 찾은 곳은 두 돌이 접한 경계선의 중간쯤이 살짝 들어가 있었다. 자세히 보기 전에는 알 수 없을 정도였다.

"열쇠를 꽂아봐라."

"알았어."

나는 요정이 주었던 황금 열쇠를 꺼내서 그 틈에다 꽂았다.

철컥─

끝이 닿은 모양이다.

"천천히 돌려봐라."

"으음!"

손목에 힘을 주어 조심스럽게 열쇠를 돌렸다.

우우우우!

신전의 입구가 흔들리기 시작했다.

"윌리엄, 한쪽으로 붙어라!"

바닥이 움직이자 알프레드가 소리쳤다.

쿠쿠쿠쿵!

"땅이 열린다!"

열쇠를 꽂아놓은 뒤쪽의 바닥이 거대한 입을 벌린 듯 위로 서서히 올라왔다.

텅!

흔들리던 입구가 잠잠해졌다.

"여기가 지하 세계로 들어가는 길인가 보다."

입을 벌린 땅 아래로는 끝을 알 수 없는 층계가 놓여 있었다.

"윌리암, 들어가자."

"그래."

나는 알프레드의 뒤를 따라 층계를 내려갔다.

"으스스하다."

"그러니?"

"차가운 기운이 아래부터 올라오고 있어."

"어떻게 신의 신전 밑에 이런 곳이 있을까?"

"아쿠아소룸 대륙을 만든 열두 신의 보물을 봉인한 신전이니까 죽음의 신인 데드라우트가 이곳을 지배할지도 모르지."

"신은 대륙을 떠나기 위해 보물을 신표로 준 건데 죽음의 신이 이곳에 남아 있겠어?"

"신이 직접 남지 않았다 해도 다른 것을 이용할 수는 있지."

"신전에 있던 전령처럼?"

"맞아."

층계는 끝도 없었다.

"이해 못할 게 있어."

"뭔데?"

"리쿠스 신이 남긴 '대지의 뜨거운 물' 말야."

"그거 어때서?"

"만일 그 물이 드라코리치의 말대로 드래곤들을 막기 위한 것이라면 헤라트를 물리칠 수 있는 효과는 없는 거잖아."

"나도 그걸 생각하고 있었다."

알프레드의 어조가 심각해졌다.

"아슈빌님이 그렇게 찾으려고 노력했었는데……."

"아버지는 확신하고 있었어."

"그랬지."

"직접적인 말은 하지 않았지만 내가 현자(賢者)이기를 바랬어."

아버지는 마지막 전투가 있던 그날 나에게 '네가 이루리라!' 라고 말했었다. 그때는 무슨 말인지 몰랐지만 지금은 그 뜻을 알고 있었다.

"헤라트 역시 네가 현자일지도 모른다는 생각을 갖고 있다."

아버지를 처형하기 전에 헤라트는 나를 죽이려고 했다. 그 이유는 두말할 것 없이 리쿠스 신의 예언 때문이었다.

"하지만 이제는 '대지의 뜨거운 물'이 필요없게 됐어. 그렇다면 헤라트를 물리칠 방법은 오직 신의 신물을 다 갖는 수밖에는 없는 건데 그것도 힘들게 됐으니… 상황이 좋아지는 것이 아니라 점점 더 나빠지기만 하네."

"……."

알프레드는 말을 하지 않았다.

"이젠 무엇을 희망으로 우리 꿈을 이루지?"

아버지의 뜻을 세워 이 땅에 자유와 평화를 찾으려던 웅대한 계획은 가능성이 점점 희박해지고 있었다.

"방법이 있을 거야."

말은 그렇게 해도 알프레드 역시 기운이 없어 보였다.

"제발 그래야지."

나도 한숨을 크게 쉬었다.

"다 왔나 보다."

흐리지만 어둠이 조금 물러나 있었다.

"층계가 끝났다."

우리는 마지막 층계를 내려서며 앞으로 걸어갔다. 싸늘한 한기가 더욱 강하게 몰려왔다.

"맥슨은 어디에 있을까?"

"여기가 드래곤 족의 용사들을 묻어놓은 무덤이라면 고스트와 언데드, 그리고 스켈레톤과 뱀파이어도 있을 것이다. 모두 조심해야 하는 몬스터들이야. 맥슨을 찾아가는 동안 이들을 만날지도 모르니 조심부터 하자."

"놈들을 만나기 전에 빨리 맥슨을 보면 좋겠네."

나는 '헤데지바의 거울'을 꽉 잡았다.

"바람이 멈췄어!"

"그래?"

싸늘하게 몰려들던 한기가 사라졌다.

"여기는 광장 같구나."

어둠 속에서도 좁은 길을 빠져나온 것을 알 수 있었다.

"거울아, 불을 밝혀라!"

쏴아아—

빛 줄기가 시원하게 퍼져 나가며 사방이 밝아졌다.

"조심해라. 빛을 보고 뭐가 나올지도 몰라."

"걱정 마."

나는 침을 꿀꺽 삼키며 두리번거렸다. 예상했던 대로 넓은 광장이 있었으며 우리가 나온 것과 같은 열 개 정도의 동굴이 빙 둘러 나열되어 있었다.

"어디로 가야 하는 거야?"

"난감하네."

알프레드가 턱을 쓰다듬었다.

"호호호호."

"하하하하."

그때 괴이한 웃음소리와 함께 하얀 물체들이 정면에 있는 동굴에서 겹겹이 나왔다. 희미한 형체가 마치 이불을 뒤집어쓴 듯한 모습이었다.

"고스트(Ghost)다!"

"원한을 지니고 죽은 사람이 이렇게 많은가?"

"전쟁터에서 죽은 자들이니 오죽하겠냐."

헤아릴 수 없을 정도로 많이 나타난 고스트들은 우리를 둘러쌌다. 어떻게든 한을 풀기 위해 살아 있는 사람들을 귀찮게 하는 몬스터였다.

"살아 있는 사람이 직접 오다니 반갑구나."

"호호호."

"우리의 한을 풀어주기 위해서 왔나 보군."

남자인지 여자인지 구분이 되지 않는 고스트들은 흐느끼는 목소리로 한마디씩 했다. 환영 인사치고는 서늘했다.

"우리는 누굴 좀 찾으러 왔다."

알프레드가 앞으로 한발 나섰다.

"자네도 고스트인가?"

"비슷하지."

"저 꼬마하고 친구인가?"

"그래."

"정말 사람하고 친구란 말이지?"

고스트들이 웅성거렸다.

"자네는 저 친구를 통해서 가지고 있던 원한을 풀겠군."

가래 끓는 소리가 들리는 기분 나쁜 말투였지만 부러움이 배어 있었다.

"당신들의 원한도 풀어주겠어요."

내가 호기롭게 나섰다.

"우리의 원한이 무엇인지 아느냐?"

"헤라트에게 죽임을 당했으니 우선 놈을 없애고 이 땅에 자유와 평화를 찾는 거죠."

이곳이 드래곤 족의 무덤이라는 사실을 나는 간과하지 않았다. 그러나 결과는 의외로 덤덤했다. 고스트들은 잠시 침묵을 지킬 뿐이었다.

"흐흐흐, 뚫린 입이라고 함부로 지껄이는구나."

낮게 깔린 목소리가 섬뜩했다.

"정말이에요."

나는 수먹을 불끈 쥐었다.

"자네가 말해 보게."

고스트들은 알프레드를 바라보았다. 그들은 살아 있는 나보다 영혼인 큰 스승을 더 신뢰하는 듯했다. 아무래도 비슷한 처지니까 그럴 것이다.

"설령 윌리암이 당신들의 원혼을 못 풀어준다고 해도 어쩔 수 없잖아?"

알프레드는 고스트를 달래려 하고 있었다.

"우리는 이곳의 지배자인 데드라우트님의 지시로 밖으로 나가지 못하고 있어. 그래서 아직까지 시샴을 통해 우리의 원한을 풀어본 적이 없다."

"그래서 윌리암을 통해 원한을 풀어보려고 한다는 말인가?"

"처음으로 찾아온 기회를 놓칠 수는 없으니까."

"무리라는 것을 알겠지?"

"이곳에는 백 년 동안 죽은 수도 없이 많은 원혼들이 있지. 우리의 한은 조금 전에 꼬마가 말한 그대로다."

"저주라도 걸겠다는 말인가?"

"평생 꿈에라도 나타나서 우리의 한을 풀도록 하겠다."

"너무 억지군."

고스트와 알프레드 사이에 긴장감이 흘렀다.

"자네가 대답하기에 달렸네. 저 꼬마를 믿어도 되나?"

"정말이에요. 내가 다 풀어줄게요."

"같은 입장에서 말해 보게."

고스트는 나를 무시하고 알프레드의 대답을 요구했다.

"믿어도 되네."

"어떻게 확신하지?"

"저 꼬마는 스쿠르벤드님의 손자야."

이보다 더 좋은 답은 없었다. 헤라트와 싸울 수밖에 없는 나의 처지를 확실하게 보여주는 한마디였다.

"드래곤 족은 아닌데?"

"사비나라는 딸에게서 얻은 손자이지."

"으음."

고스트들은 다시 한 번 나를 살펴보려는지 사방으로 빙빙 돌아다녔다.

"이제 됐으면 우리가 찾는 사람이 어디 있는지 가르쳐 주게."

"꼬마야, 맹세할 수 있느냐?"

"물론이죠. 하지만 고스트에게는 아니고 리쿠스 신에게 맹세할게요."

샤론의 용사는 신의 제왕 리쿠스 신을 따랐다.

"좋다."

고스트가 쉽게 받아들였다.

"친구가 누구라고 했지?"

"맥슨이라는 샤론 족의 용사다."

알프레드가 맥슨의 인상착의를 자세히 설명했다.

"고스트 중에는 없다. 드래곤 족이 아닌 고스트들은 이곳에 머물 수가 없다."

전해오는 얘기로는 전쟁터에서 죽은 고스트들은 편을 갈라 싸우기도 한다고 했다. 지금은 신의 지시로 이곳에만 머물고 있지만, 만일 고스트들이 밖으로 나와 싸우고 있을 때 이 장면을 목격하는 사람이 있다면 소심해야 했다. 잘못하면 그들이 던진 창이나 칼에 찔려 죽을 수도 있었다. 그런 드래곤 족이 넘치는 여기서 다른 종족의 고스트는 존재할 수 없다.

"다른 종족의 시체는 어디에 가야 있지?"

"저쪽 동굴로 가보게."

고스트 중에 한 명이 왼쪽 끝에 있는 동굴을 가리켰다.

"고맙군."

"꼬마야."

"왜?"

우리가 인사를 하고 가려 하자 고스트가 나를 불렀다.

"약속을 잊으면 안 된다."

"알았어요. 헤라트를 물리쳐서 꼭 당신들의 원한을 풀어줄게요."

내가 가슴을 툭툭 치며 다짐을 했다.

"저쪽에 있는 시체들은 거의 언데드로 다닌다. 그들은 우리처럼 장난치는 수준으로 끝나지는 않을 거다. 항상 조심해야 한다."

또 다른 유령이 동굴로 들어서는 우리에게 주의를 주었다.

"고마워!"

나는 손을 들어 인사를 하며 빠른 걸음으로 동굴 입구를 빠져나왔다. 그리곤 고스트들과 완전히 헤어진 후 안도의 한숨을 내쉬었다.

"휴우! 알프레드가 아니었으면 큰일 날 뻔했어."

무사히 지나왔다는 안도감과 함께 무시무시한 고스트들을 예상밖으로 쉽게 돌려세웠다는 생각이 들자, 나는 알프레드가 그들과 비슷한 존재였기에 가능했다고 생각하며 그렇게 말했다. 그러나 큰 스승은 내가 던지는 공치사보다 앞으로의 일에 더 신경 쓰고 있었다.

"이제부터 진짜 어려울 것이다."

"정신 바짝 차리라는 말이지?"

"그래."

'헤데지바의 거울'에서 내뿜는 빛 줄기를 따라 동굴로 깊이 들어가자 무엇인가 언뜻 보이더니 사라졌다.

"알프레드, 봤어?"

"하얀색이었는데……."

"또 고스트인가?"

"아닐 거야."

덜거덕거리는 소리가 들리더니 다시 조용해졌다.

"분명히 누가 있구나."

"형체가 있는 것들이다."

"그렇다면?"

"언데드일 거야."

한번 죽었던 자가 되살아나서 돌아다닌다는 언데드는 무시무시한 존재였다. 몇 가지의 종류가 있었지만 지금 우리 앞에 숨어 있는 언데드의 정체는 확실히 알 수가 없었다.

"만일 죽음의 신의 명을 받은 자가 움직이는 거라면 물리치기 힘들 것이다."

"절대 죽지 않으니까 그렇겠지."

우리는 그 자리에 멈춰 서서 언데드들이 나타나기를 바랐다. 그때 내 시선을 사로잡는 것이 있었다. 사람들의 손바닥보다 조금 커 보이는 검은색의 박쥐들이 우리를 노려보고 있었다. 보통 천장에 매달려 있는데 그놈들은 뒤뚱거리며 땅을 걸어다녔다.

"박쥐잖아."

"아무리 동굴이라지만 이런 곳에 박쥐가……."

알프레드는 말을 하다가 멈추었다.

"뱀파이어다!"

"뭐라고?"

나는 알프레드의 소리를 못 들어서 되물었다. 그것을 신호로 박쥐들이 날아올랐다.

"머리 숙여!"

놈들은 나의 목덜미를 노리고 있었다.

"이크!"

나는 최대한 목을 움츠렸다.

"놈들은 흡혈귀야."

뱀파이어(Vampire)도 일종의 언데드였다. 살아 있는 인간의 피를 빨아서 그 생명력을 빼앗는 죽은 자들이었다. 원래는 인간이었던 그들의 외모는 거의 인간과 비슷했지만 이런 곳에서는 박쥐로도 변신해 살았다.

휘이익!

또다시 놈들이 나를 덮쳐 왔다.

펑펑펑!

거울이 가만있지 않고 불을 토해냈다.

카아악!

박쥐들이 뒤로 물러났다.

슈우욱—

거울은 쉬지 않고 불기둥을 사방으로 쏘아댔다. 뱀파이어를 퇴치하는 방법 중에 불로 태워 재를 만드는 것이 제일 확실했다.

카아악!

"크헉!"

박쥐들이 불에 뒤엉켜서 바닥으로 떨어졌다. 그때 카랑카랑한 남자의 목소리가 사방으로 울려 퍼졌다.

"모두 비켜라!"

나와 알프레드는 소리나는 쪽을 바라보았다. 그곳에는 다른 박쥐와는 다르게 몸통이 온통 하얀 털로 덮인 박쥐가 있었는데 뱀파이어의 족장 같았다.

스르르르!

박쥐의 모습이 서서히 사라지며 그 자리에 하얀 머리의 신사가 나타났다. 새빨간 입술 사이로 길게 뻗은 이빨을 볼 수 있었다.

"우리 형제들을 해치다니, 용서할 수가 없다!"

"죄없는 사람을 먼저 공격한 것은 그대들이다."

알프레드는 언제나 나를 보호하며 위험과 먼저 마주했다.

"우리의 안식처를 침범한 것은 너희들이야."

흰머리의 신사가 지지 않고 큰 소리로 외쳤다.

"그래서 다시 덤벼볼 텐가?"

"너희들의 능력이 얼마나 되는지는 몰라도 여기를 그냥은 못 지나간다."

결사적으로 싸우려는 모습이었다.

"어차피 길이 이곳 하나라면 나갈 때 들르면 안 되겠나?"

거울이 대단한 능력을 지녔다고는 하지만 얼마나 버틸지는 모르는 일이었다. 뱀파이어의 숫자는 어마어마했다. 일단은 물러나는 것이 옳은 판단이있다.

"길이 하나인지 아닌지는 모른다."

"틀림없이 이곳으로 나간다고 약속하마."

흰머리의 족장은 알프레드를 한참 노려보았다.

"무엇인가 다급한 일인가 보구나."

"우리에겐 목숨만큼이나 소중한 일이다. 그러니 일단 우리를 보내주고 오늘의 은원은 나중에 따지기로 하자."

"으음!"

뱀파이어가 깊은 신음을 토하며 신중히 생각했다.

"어딜 가는 거지?"

"친구에게 가려는 거다."

알프레드가 죽은 맥슨을 찾아가는 중이라고 설명해 주었다.

"죽은 자를 봐서 뭐 하게?"

"살려내려고 하지."

"뭐라고?"

뱀파이어는 깜짝 놀랐다.

"이것이면 살릴 수 있다고 하더군."

나는 라이브 스톤으로 만든 목걸이를 보여주었다.

"으헉!"

흰머리의 신사를 비롯한 박쥐들이 뒤로 주르르 물러났다.

"신의 징표를 가지고 있구나."

"리쿠스 신이 주신 거지."

"어서 여기를 떠나라!"

뱀파이어들은 두려워하고 있었다.

"우리를 그냥 두지 않는다고 하더니 마음이 바뀌었나?"

그 모습이 재미있어서 이죽거렸다.

"윌리암, 그만 하고 어서 가자."

"메롱~!"

비장했던 모습을 감추며 쩔쩔매는 뱀파이어들을 향해 나는 쉬지 않고 약 올렸다.

"그러지 마."

"재미있잖아."

"나중에 우리가 아쉬운 소리를 할지도 모른다."

알프레드는 알지 못할 얘기를 꺼내며 걸음을 재촉했다.

"알프레드."

"왜?"

"우리가 이곳에 올 수 있었던 것은 신의 전령이 요정에게 명령해서 이루어진 거잖아."

"그렇지."

"그런데 어째서 라이브 스톤을 보기 전에는 우리를 해치려고 하지? 신의 전령이 보내준 사람을 이렇게 무시해도 되는 건가?"

나는 고스트와 뱀파이어의 공격을 받았다는 게 이해가 가지 않았다.

"보물을 지키는 신의 전령 정도는 여기서 통하지 않나 보지."

"그러면 저들이 신의 전령보다 더 높단 말이야?"

"아니면, 이곳은 다른 신의 전령이 다스리는 곳일 수도 있겠지."

알프레드는 다른 가능성을 들었다.

"맞아, 신전하고 지하 세계는 엄연히 다른 곳이니까."

나도 맞장구를 쳤다.

"그리고 신선이 아닌 다른 입구로도 들어오는 사람들이 있을 수 있잖아. 우리를 그렇게 보고 덤빈 것일 거다."

"여기 말고 다른 데로 들어오는 길이 정말 있을까?"

"어딘가 있을 거야."

"알프레드는 왜 그렇게 생각하지?"

"우린 맥슨의 시체를 찾으러 가는 거잖아. 나와 맥슨은 드래곤 족의 무덤에 묻혔었는데 그들이 지하 세계로 들어가서 언데드가 됐다면 당연히 다른 통로가 있겠지. 이를테면 드래곤 족의 무덤 밑이나, 아니면 파이로텐 벌판의 어느 웅덩이라든지 죽은 병사들의 시체가 들어오는 길이 있을 거야."

"하지만 고스트들은 우리가 백 년 만에 처음이라고 했으니까 신전을 통한 길은 사람들이 잘 오지 않나 봐."

나는 발걸음을 앞으로 옮겼다.

"아마 신전을 통과하기도 힘들 거다. 드래곤 숲을 지나야 하고 드라코리치가 신전의 입구를 지키는 일을 하잖아. 신전 안에도 미로가 많고."

큰 스승의 얘기를 들어보니 사람이든 시체든 신전 쪽으로 들어오는 것은 힘들 것 같았다.

"알프레드는 어떻게 그렇게 잘 알아? 아무리 지혜의 샘이라고 불리는 대학자라도 지하 세계에 대해서까지는 알 수 없잖아."

깜깜한 길을 걸으며 쓸데없는 소리를 꺼냈다.

"너도 놀지 않고 공부했으면 나만큼은 알 수 있었을 거다."

"거기에 공부 얘기는 왜 들어가?"

나는 삐죽거렸다.

"하도 모르기에 하는 말이다."

먼저 말을 꺼내서 이득 본 적이 한 번도 없는 것 같았다. 나이에 비해 속이 좁은 큰 스승은 아는 자가 가지는 아량이라고는 눈곱만치도 없었다.

"앞으로 더 조심해야 해."

"나도 알고 있어."

한번 무시를 당한 나는 퉁퉁거렸지만 그래도 알프레드가 나를 얼마나 소중하게 보살피는지는 나 자신이 더 잘 알고 있었다.

## (2)

벌써 몇 시간째인지 모른다. 끝도 없는 미로를 도망 다니고 있었다. 우리를 죽어라 쫓아오는 것들은 뼈로 이루어진 백골 시체였다. 스켈레톤(Skeleton)이라 불리는 이들은 뱀파이어하고는 달랐다. 신의 신표인 라이브 스톤도 통하지도 않았다.

"알프레드, 더 이상은 도망가지 못하겠어."

"그래도 여기를 벗어나야 해."

"같은 길만 뱅뱅 도는 것 같아."

끝내 나는 지쳐 털퍼덕 바닥에 주저앉고 말았다.

"윌리암, 일어나! 기운을 내라!"

거울 속에서 안절부절못하는 알프레드를 느낄 수 있었다. 그러나 나는 도저히 움직일 수가 없었다.

"쿠르르르!"

"쿠르르르!"

스켈레톤들이 몰려들었다.

"디절브(dissolve)!"

앉은 채로 손을 들었다. 거울에서 터져 나온 마법은 스켈레톤을 전부 녹여내고 있었다. 하지만 몰려드는 놈들의 숫자를 줄이지는 못했다. 다만 뒤로 물러나서 주춤하게 할 뿐이었다.

"알프레드, 방법이 없을까?"

"글쎄……."

큰 스승은 머리를 짜내고 있었다.

"여기까지 와서 이렇게 죽는구나."

나는 거울을 땅바닥에 내려놓고 털썩 주저앉았다.

"쿠르르르!"

"쿠르르르!"

스켈레톤이 거리를 좁혀왔다. 놈들도 내가 포기했다는 것을 알고 있는 듯했다.

"그래도 끝까지 싸워야 한다."

"알아! 나도 샤론의 용사야. 그냥 죽을 수는 없지!"

나는 알프레드의 말 듣고 포기하려던 마음을 추슬러 다시 거울을 움켜잡았다.

"덤벼라!"

휘이익!

내가 벌떡 일어나는 순간 사방에서 스켈레톤의 칼날이 날아왔다.

"돔 프로텍터!"

거울은 내 마음을 잘 따라주었다.

쨍그랑!

여기저기서 탁한 음만 난무했다. 내 주위에는 커다란 보호막이 둘러쳐져 있었던 것이다.

"얼마나 버틸까?"

"드워프들의 기술을 믿어야지."

한숨은 돌렸지만 안심할 수는 없었다.

쨍그랑!

스켈레톤의 공격은 더욱더 강하게 보호막 위에 내리꽂히고 있었다.

쨍!

걱정했던 대로 시간이 지나자 보호막에 금이 가기 시작했다.

"더 이상은 어쩔 수 없나 보네."

"그러게 말이다."

쩌어억!

보호막이 반으로 갈리며 사라졌다.

"구르르르!"

"쿠르르르!"

스케레톤이 의기양양하게 다가왔다.

"큰일이다."

"왜 그러냐?"

"거울도 말을 듣지 않아요."

그나마 나를 보호해 주던 '헤데지바의 거울' 이 지쳤는지 꼼짝도 하지 않았다. 내 마음을 읽고 마법의 능력을 뿜어대던 거울이 죽은 듯 조용해졌다.

"이제 꼼짝없이 죽었구나."

알프레드의 절망 섞인 목소리가 들리고 바로 스켈레톤의 칼날이 나를 향할 때였다.

"와아아!"

어디선가 갑자기 함성 소리가 들려왔다. 그러자 스켈레톤들이 우왕좌왕하며 흩어졌다.

"무슨 일이지?"

영문을 모르는 나는 어리둥절해하며 한쪽 벽으로 물러났다.

"와아아!"

스켈레톤이 쫓아왔던 반대 편에서 사람들이 나타났다.

"이런 곳에 사람이 있네."

"사람이 아니다."

"그럼?"

"스켈레톤과 같은 언데드인데 살이 썩지 않는 자들이다."

"그런데 서로 싸우려는 것 같은데?"

"나도 잘은 모르겠다."

사람 형태의 언데드들이 가까이 접근하자 우왕좌왕하던 스켈레톤이 자리를 잡고 싸울 준비를 했다. 이유는 모르지만 두 집단은 별로 친하지 않은 듯했다.

"와아아—!"

"쿠르르르!"

잠시 후 두 집단은 칼을 휘두르며 싸움을 시작했다.

"윌리암, 이 틈에 여기를 피하자."

"응."

나는 조심스럽게 싸움터를 빠져나갔다. 놈들은 서로 싸우기에 정신이 없는지 나의 존재를 잊고 있었다.

"휴우!"

무사히 놈들의 손아귀에서 벗어났을 때 저절로 안도의 한숨이 나왔다.

"덕분에 살았다."

"둘 다 똑같은 언데드인데 싸우는 이유를 모르겠군."

알프레드의 학자적 호기심이 발동하는 것을 보니 우리가 살긴 살았나 보다. 거울도 힘을 되찾았는지 불을 밝히고 있었다.

"그 이유를 가르쳐 줄까?"

"누구냐!"

낯선 목소리가 들려오자 나는 너무 놀라 몸을 움츠렸다.

"사람이 이런 데서 놀고 있다니 믿어지지가 않는군."

"난 사람은 아니지만, 그 이유를 꼭 알고 싶군."

알프레드는 주변을 조심스럽게 살폈다.

"어라? 고스트도 있네."

목소리의 주인공이 모습을 드러냈다. 호기심이 잔뜩 묻어 있는 그는 뚱뚱한 남자였다. 얼굴은 삼 겹으로 접힌 턱을 중심으로 살에 파묻힌 이목구비가 답답해 보일 정도였고, 배가 축 처져 땅에 끌릴 정도였다.

"하하하."

나는 그 모습에 참지 못하고 웃음을 터뜨렸다.

"내 소유가 아닌 고스트가 이곳에 있다니 그것 또한 놀랄 일이다."

"넌 누구냐! 정체부터 말하시지."

"나한테 반말을 마구 쓰는 놈들이 있다는 사실도 재미있는 일이고."

지하 세계하고는 전혀 맞지 않는 인물이었다.

"누군지 정확히 알려준다면 대우를 해주겠어."

"후후후."

뚱보 사내가 손을 들어 흔들었다. 그러자.

"아니?!"

눈앞에서 죽어라 싸우던 두 집단의 언데드들이 어느 한순간 사이좋게 서로 섞여들었다.

"나는 이놈들을 지배하는 하두카라 한다."

"하두카가 뭔데?"

"죽음의 신이 여기를 맡겼지."

"그럼 데드라우트 신의 전령인가요?"

"똑똑하군."

"그렇다면 대우를 해드리겠습니다."

"이거, 내가 고맙다고 해야 하나?"

"……."

"하하하."

우리가 대답을 못하고 우물쭈물하자 하두카는 크게 웃었다.

"싸우던 언데드끼리 이렇게 사이좋아지다니 이유가 뭐죠?"

"난 지하 세계에서 산 지가 꽤 오래되었지. 이 어두운 곳에서 낙이라곤 아무것도 없다네."

그럴 것이다. 이곳에서 할 수 있는 게 무엇이겠는가?

"내 몸을 보게. 얼마나 움직이지 않았으면 살찐 오크처럼 변했겠나."

"킥킥킥!"

하두카의 몸을 보자 다시 웃음이 나왔다.

"채프(Chaff)와 스켈레톤은 이런 나에게 낙을 안겨주는 장난감이지."

사람 모습의 언데드를 채프라고 하는 듯했다.

"그럼 하두카님의 심심풀이를 달래기 위해 싸움을 시킨다는 건가요?"

"정말 똑똑하군."

하두카는 알프레드가 마음에 들었는지 유심히 바라보았다.

"자네가 어떻게 저 꼬마하고 같이 다니는지는 모르겠지만 나하고 같이 지내면 좋겠네. 여기에 있는 고스트들은 멍청이들뿐이지."

"이 다음에 꼭 오도록 하죠."

"언제 말인가?"

"윌리암이 세상을 구한 다음, 그때 오겠습니다."

"나는 지금이라도 당장 자네가 필요하네."

"아무리 오래 걸려도 10년만 참으시면 됩니다."

"후후후, 정말로 오래 기다려야 하는군. 하지만 저 꼬마만 없애면 당장 너를 내 곁에 둘 수 있는 거군."

하두카가 나를 노려보았다.

"윌리암은 리쿠스 신의 신표를 가지고 있습니다."

나는 알프레드의 손짓에 따라 목걸이를 보여주었다.

"그렇군. 하지만 나는 어쩔 수 없다 해도 언데드들은 그런 걸 따지지 않지."

"하두카님! 도와주시면 약속은 꼭 지키겠습니다!"

알프레드가 애원했다. 하두카만 설득하면 지하 세계에서는 막을 것이 없는 것이다.

"믿을 수가 없네."

"제 육체도 이곳에 있습니다. 다시 올 수밖에 없죠."

"드래곤 족이 아닌데도 이곳에 시체가 묻혀 있다면 쉽게 찾을 순 있겠군."

"예, 그렇습니다."

대답을 하는 알프레드의 얼굴이 묘하게 변했다. 자신의 시체를 죽어서도 볼 수 있다니 기분이 이상한 듯했다.

"여기 온 이유는 자네를 다시 살리려는 거군."

"아닙니다."

"나를 속이지는 못한다!"

하두카는 라이브 스톤을 가지고 나타난 영혼이 육체를 찾아온 이유를 혼자서 짐작한 듯 주변에 서 있는 언데드들에게 신호를 하려 했다.

"우리가 구하고자 하는 사람은 친구 맥슨입니다."

"맥슨? 그도 샤론 족인가?"

"그렇습니다."

"샤론 족이면 노랑머리 아닌가?"

"맞습니다."

하두카는 잠시 생각에 잠기는 듯했다.

"좋아, 내가 안내해 주지."

"감사합니다."

하두카가 알프레드의 인사를 받으며 어깨를 펴고 먼저 걸어갔다.

"산 넘어 산이구나."

알프레드가 한탄조로 읊조렸다.

"잘 풀리고 있잖아."

"나올 때가 문제다."

무슨 말인지 몰랐지만 알프레드의 근심이 가슴에 와 닿았다.

"미리 말하지만 맥슨이라는 친구의 육체를 찾는다고 해도 문제는 있다."

"영혼 때문인가요?"

"역시 똑똑한 고스트야."

"맥슨의 영혼은 어디에 있는데요?"

"저승 세계에 있지."

라이브 스톤으로 맥슨을 살리려면 육체와 영혼이 동시에 존재해야 했다.

"거기는 케르베로스(Kerberos)라는 놈이 지키는데, 쉽지는 않을 거야."

"들어갈 수 있는 방법은 없습니까?"

"입구까지는 내가 안내해 주지. 하지만 그 이상은 나도 어쩔 수가 없네."

"죄송하지만, 데드라우트 신의 표식을 빌려주실 순 없습니까?"

"뭐라구?!"

어둠의 신이 내린 표식을 꺼낸다는 것은 죽음을 말하는 것이었다.

"내 목숨을 달라는 말인가?"

"신경 쓰지 마십시오. 한번 부탁이나 드려본 겁니다."

뚱보 하두카를 따라간 곳은 또 다른 광장이었다.

"대부분 헤라트의 부대에 있다가 죽은 놈들이야. 동료들이 땅에 묻어놓은 것을 내가 데려와서 장난감으로 쓰고 있지."

정말 그곳에 모여 있는 채프라는 언데드들은 전형적인 드래곤 족의 특징인 검은 머리가 아니었다. 나는 그들과 하두카를 번갈아 보며 인상을 찡그렸다. 아무리 죽었다고 해도 엄연한 사람이다. 그런데 그들을 소모품 취급을 하다니… 기분이 나빠졌다. 만일 인간을 위해 싸웠던 아버지가 죽지 않고 살아서 우리하고 같이 이곳에 왔다면 사람의 육체를 저렇게 마구 대하는 하두카를 가만 두지 않았을 것이다. 인간의 자유를 위해 싸운 아버지가 그래서 위대했다.

"잘 찾아보게."

채프들은 멍한 표정으로 빙글빙글 한자리를 돌고 있었다. 마치 축제 때 모닥불가를 맴돌며 추는 군무(群舞) 같았다.

"우우우우!"

둥글게 돌고 있던 채프들이 걸음을 멈추고 한곳으로 야유를 보냈다. 한 명의 언데드가 쓰러져서 길을 막고 있었다.

"우우우우!"

채프들은 잠시 쓰러져 있는 동료를 바라보더니 그대로 밟고 넘어가려 했다.

"저 친구는 몸이 갈기갈기 찢어져서 스켈레톤이 되겠군."

"고통을 느끼나요?"

"영혼이 빠져나갔어도 육체로는 심한 아픔을 느끼지. 살아 있을 때보다 더욱더 커다란 고통을 겪네. 살아 있을 때는 정신력으로 견디기라도 하지만 죽어서는 그냥 아픔 그대로를 받아야 하지."

그 말을 듣자 불쌍한 생각이 들었다. 죽어서도 저렇게 편치 못한다면 죽지 않고 열심히 사는 것이 훨씬 나은 것 같았다.

"불쌍해."

나는 마음이 편치 않았다. 그러나 이런 나의 걱정은 기우로 끝났다.

"크아아악!"

갑자기 무리 중에 덩치 큰 채프가 쓰러진 동료를 짓밟으려는 다른 채프들을 밀어내고 있었다. 모두들 덤벼들었지만 덩치가 커다란 채프는 끄떡하지 않았다. 오히려 달려드는 채프들을 모두 내동댕이치고 있었다.

"어라?"

하두카는 놀란 표정으로 눈을 비볐다.

"저런 일은 없었는데."

"그래요?"

알프레드도 신기한 듯 쳐다보았다.

"언데드들은 감정이 없어. 누구를 사랑하거나 미워한다는 것은 있을 수가 없는 거지. 그런데 저 언데드는 쓰러진 동료를 챙기고 있잖아."

"죽기 전에 보통 사이가 아니었던 것 같군요."

"자세히 봐야겠군."

하두카는 궁금한 듯 언데드들이 뒤엉켜 싸우고 있는 곳으로 가까이 다가갔다. 호기심이라면 누구에게도 빠지지 않는 알프레드와 내가 그 냥 넘어갈 수는 없었다.

"크아아아!"

덩치 큰 채프의 움직임이 거칠어질수록 여기저기 쓰러지는 다른 채 프들은 비명으로 자지러졌다.

"멈추어라!"

하두카의 명령에 모든 채프들이 땅바닥에 엎드렸다. 하지만 덩치 큰 채프는 서 있는 자세 그대로였다.

"크아아아!"

"나를 거역하는가!"

덩치 큰 채프는 하두카를 노려볼 뿐 어떠한 태도도 취하지 않았다.

"이럴 수가!"

하두카가 어이없어했다.

"저런 놈은 이곳이 생기고 처음이다."

"쿠르쿠르!"

덩치 큰 채프는 소리를 지르며 쓰러져 있던 동료를 일으켜 세웠다.
마치 다정한 친구 사이 같았다.

"알프레드!"

"왜 그러냐?"

"맥슨이야……!"

"뭐라고?"

어두워서 형태가 정확하게는 보이지 않았지만 가까이 다가갈수록
느낄 수 있었다.

"불을 켜봐라."

"알았어."

'헤데지바의 거울'에서 빛이 나가자 언데드들이 눈을 가렸다.

"맥슨!"

나는 달려나갔다. 얼마나 보고 싶던 얼굴인지 모른다.

"여기 있었구나."

알프레드의 영혼도 내 뒤를 쫓아왔다.

"크르르르."

맥슨의 육체는 나를 경계했다.

"나야, 윌리암."

"맥슨, 나다."

형체가 많이 무너져 내린 맥슨은 무표정한 얼굴로 자신의 팔에 안
겨 있는 왜소한 채프와 알프레드를 번갈아 보았다.

"저건 자네군."

하두카는 재미있다는 얼굴이었다.

"둘이 보통 사이가 아니었군. 하기야, 그러니 저놈을 살리려고 여

기까지 왔겠지."

"내 아들입니다."

알프레드는 감회에 겨운 목소리로 말했다.

"어떤가?"

"무엇이 말입니까?"

죽어서도 본능적으로 자신을 구하려고 힘쓰는 맥슨을 보며 알프레드는 하두카의 말에는 신경을 쓰지 못했다. 그저 가슴이 벅차오를 뿐이었다.

"자네의 육체를 보는 기분 말이야."

"행복을 느끼고 있습니다."

"그런가?"

"맥슨이라는 든든한 놈이 죽어서까지 나를 지켜주니 세상에서 제일 행복한 육체 아니겠습니까? 더는 바라지도 않습니다."

"부럽군."

하두카는 진심으로 말하고 있었다.

"똑똑한 고스트와 충성심 강한 언데드라……."

나는 하두카의 중얼거리는 소리를 언뜻 들었지만 알프레드는 아직도 맥슨에게만 정신을 팔고 있었다. 하기야 나도 지금은 맥슨을 보는 이 순간을 감사하는 중이다.

"맥슨."

나는 천천히 다가갔다.

"윌리암, 조심해라."

"괜찮을 거야."

"살아 있을 때의 맥슨이 아니다."

"그래도 알프레드를 지키는 것을 보면 나도 알아볼지 몰라."

알프레드를 안심시키며 나는 맥슨에게로 가까이 접근했다.

"맥슨, 나 알아보겠어?"

맥슨이 아무 말도 없이 나를 쳐다본다.

"윌리암이야. 이 세상에 하나밖에 없는 맥슨의 친구."

역시 무표정한 채 알프레드의 육신만 꼭 안고 있었다.

"맥슨, 나를 잘 봐."

"크르르르!"

맥슨이 처음으로 반응을 보였다.

"조심해라."

알프레드는 마음을 조이고 있었다. 언데드는 매우 난폭한 몬스터였다.

"맥슨, 내 손을 잡아봐."

나는 손을 내밀었다.

"크아아악!"

맥슨이 알프레드의 육체를 더욱 감싸 안았다. 내가 그를 해치려는 줄 알고 있는 듯했다.

"해치려는 게 아냐. 내 손을 잡아봐!"

좀 더 가까이 손을 뻗으며 맥슨의 팔을 잡으려 했다.

"크아아악!"

"으헉!"

맥슨이 갑자기 내 손목을 낚아챘다.

"윌리암!"

알프레드가 내 앞으로 날아왔다.

"맥슨, 아버지다."

"카아아악!"

맥슨은 알프레드의 육체를 뒤로 밀며 팔을 들었다. 우리를 향해 곧바로 내려칠 자세였다.

"제발 기억해 봐!"

내가 소리를 질렀지만 소용없었다. 우리를 적이라고 생각한 맥슨의 팔이 허공을 가르며 내 머리 위로 떨어졌다.

"맥슨! 안 된다!"

알프레드는 비명에 가까운 소리를 질렀다.

"으읍!"

나는 아무 생각도 하지 않았다. 잘못하면 거울이 내 마음을 읽고 어떤 일을 저지를지 몰랐다. 나 때문에 맥슨의 육체가 망가지는 것을 원하지 않았다. 차마 그렇게 할 수 없는 소중한 친구였다. 오로지 한 가지만 생각했다.

"맥슨, 사랑해."

두툼한 손바닥이 내 머리를 덮었다. 하지만 충격은 느낄 수 없었다.

"크르르륵!"

"맥슨……."

나를 해치려던 맥슨이 가볍게 내 머리를 쓰다듬고 있었다.

"윌리암을 알아봤나 보다."

"맥슨, 고마워."

처음부터 끝까지 우리의 모습을 지켜보던 하두카는 더욱 큰 소리로 떠들었다.

"이런 일은 있을 수 없어! 채프가 울다니… 믿을 수가 없어!"

"맥슨……."

언데드인 맥슨은 울고 있었다. 영혼을 잃어버려 감정이라고는 전혀 없는 육체가 울다니… 하두카가 놀랄 만했다. 그러나 나와 알프레드는 알고 있었다. 우리가 얼마나 서로를 원하고 위했는지, 절대 잊을 수 없는 사이라는 것을 가슴에 항상 담고 있었다.

"하두카님."

"뭔가?"

여전히 입을 다물지 못하고 맥슨의 눈물을 바라보던 하두카는 건성으로 대답했다.

"저승 세계로 들어가서 영혼을 찾아올 동안 맥슨의 육체를 맡아주십시오."

"알았네. 자네도 나하고의 약속을 잊지 말게."

"샤론 족은 약속을 생명으로 알고 있습니다."

"후후후."

하두카의 생각은 다른 곳에 있는 듯했다. 하지만 아무 말 없이 웃기만 했다.

"다녀오겠습니다."

"죽지만 말고 오게."

"어차피 죽은 목숨인데 또 죽기야 하겠습니까?"

"영혼이 저승에 갇히면 나를 못 보리오네."

"조심하죠."

우리는 하두카에게 맥슨을 다시 한 번 부탁하고는 저승 세계를 향해서 걸음을 옮겼다.

(3)

　　어려운 고비도 있었지만 생각보다 순조롭게 풀려 나가고 있었다.
저승 세계가 아무리 힘들어도 지금처럼 잘 넘어갈 것 같았다. 하지만
왠지 마음 한곳이 답답했다.

　　"알프레드."

　　나는 큰 스승을 슬그머니 바라보았다.

　　"왜 그러냐?"

　　"기분은 어때?"

　　하두카와 똑같은 질문을 하고 있었다.

　　"좋지."

　　"죽어 있는 육체를 보면서 괜찮았어?"

　　"그럼."

　　대수롭지 않게 대답했다.

"사람은 목숨을 놓지 않으려는 본능이 있다고 우리에게 가르쳤으면서 어떻게 그렇게 덤덤할 수가 있어?"

"뒤에 것은 왜 그냥 넘어가지?"

알프레드가 미소를 띠었다.

"그게 끝 아냐?"

아무튼 수업이란 놈하고 나하고는 별로 친하지 않았던 것이 틀림없었다.

"그 본능을 무엇과 바꾸느냐가 중요한 거다, 이렇게 끝을 맺어야 제대로지."

"듣고 보니 그런 것 같네."

입맛을 다시며 머리를 긁적거렸다.

"나는 그 목숨을, 샤론 족의 영광을 다시 일으키기 위해 죽은 것이니까 후회는 없다. 그리고 전에도 말했지만 맥슨을 살리는 것에 대해서는 대찬성이다."

알프레드가 나의 미안한 마음을 또 한 번 달래준다.

"그리고 나이가 드니까 영혼만 다니는 게 더 편해. 헉헉거리며 너희들 따라다닐 필요도 없고 귀찮으면 거울 속에 들어가 있으면 되니 얼마나 편하냐."

느릿하게 뱉어내는 말마다 모두 나를 편하게 해주는 듯했다.

"알았어."

더 이상 그 문제로 뭐라 할 수가 없었다.

"꽤 걸어온 것 같은데."

지하 세계를 떠나면서부터 똑같은 폭으로 곧게 뻗은 길이 펼쳐져 있었다.

"슬슬 입구가 보일 거야."

나는 '헤데지바의 거울'을 이리저리 둘러보았다.

"다른 곳은 막혀 있으니까 이 근처쯤 될 텐데."

거울에서 빛이 몰려 나가는 곳마다 어둠이 사라져 갔다. 하지만 우리가 찾고 있던 저승 세계의 입구는 보이지 않았다.

"케르베로스가 지키고 있어서 금세 찾을 텐데 짖는 소리도 들리지 않는구나."

"머리가 세 개라서 짖는 소리도 클 텐데."

저승 세계의 입구를 지키는 케르베로스는 개의 외모에 세 개의 머리를 가지고 있으며 꼬리는 뱀이고, 턱에는 수염처럼 무수한 뱀 머리가 나 있었는데, 그 뱀 머리는 맹독을 뿜어낸다고 한다.

"이크!"

나는 가던 걸음을 멈추었다.

"무슨 일이냐?"

"길이 끊어져 있어."

"막힌 건 아니지?"

"아냐."

일정한 폭으로 곧게 뻗어 있던 길은 마치 막혀 있던 담장이 무너진 듯 좌우로도 시원하게 펼쳐지며 아래로 꺾여져 끊겨 있었다.

"절벽인가?"

나는 거울의 빛을 아래로 비추었다.

"내가 갔다 오마."

반투명의 영혼인 알프레드가 훌쩍 날아올랐다.

"알프레드, 조심해!"

내가 걱정스럽게 말했지만, 거울에 묶여 있는 처지라도 어디든지 갈 수 있다는 것은 알프레드의 말대로 죽어서 편한 순간이었다.

"여긴 강이구나."

밑으로 내려가려던 알프레드의 영혼이 멈추었다.

"강이라니?"

나는 이해할 수가 없었다. 물이라면 기가 죽는 알프레드의 구겨진 인상을 보면서도 눈을 비볐다. 나에게는 한 방울의 물도 보이지 않았다. 그저 깊게 떨어진 절벽만이 앞에 놓여 있었다. 그런데 강이라니 어이가 없었다.

"윌리암은 안 보이나 보구나."

"당연하지. 여긴 절벽이라고."

"죽은 자가 건너야 하는 강이 있다고 하더니 여기인가 보다."

"하두카는 아무 말도 안 했잖아."

"그도 여기까지는 몰랐겠지. 와보지는 않았을 테니까."

"여기는 영혼들만 오는 곳이란 말이지?"

"죽은 사람의 육체는 땅에 묻히면서 지하 세계에 머물고 죽는 순간 육체를 빠져나온 영혼은 저승 세계로 가기 위해 이 강가에서 배를 기다리지."

"고스트는 죽어서도 원한이 많아 영혼이 이곳으로 오지 못하고 육체가 갇혀 나중에는 지하 세계에서 살게 되는 거고?"

"잘 아네."

알프레드가 미소를 보였다.

"어찌 되었든 나는 강이 안 보이는데?"

다시 한 번 살펴보았지만 발 아래는 까마득한 절벽이었다.

"윌리암은 살아 있는 사람이라 안 보일 거다."

"죽은 사람한테만 보이는 강이란 말이지?"

"내 판단이 맞는다면 이 강은 스틱스(Styx) 강이다."

저승 세계를 일곱 번 둘러싸고 흐르는 강이 스틱스 강이다. 이 강의 지류는 아케론, 프레게톤, 코키토스, 아오르니스, 레테 등으로 불리고 있었다. 돈이 없는 자들은 저승 세계에 가지 못하고 이 강가를 헤매고 다닌다고 전해진다. 여기서 돈은 배 삯을 말하는 것이었다. 또한 신들이 맹세를 할 때에는 반드시 이 강을 걸고 하며, 만일 맹세를 깨면 그 신은 10년 간 어떠한 벌도 달게 받게 되었다.

"큰일이네. 여기를 어떻게 건너지?"

알프레드와 말을 하던 나는 입술을 깨물었다. 저승 세계로 가는 길목에서 심각한 상황이 일어난 것이다.

"영혼을 태우기 위해 배가 올 거다."

"이상하네."

나는 고개를 가우뚱했다.

"뭐가?"

"영혼들은 고스트처럼 전부 날아다닐 수 있잖아. 그런데 배를 타야 이곳을 건널 수 있다니 이해가 되지 않아서 말야."

"이 강을 시작으로 저승 세계일 거야. 영혼들도 자신의 세계에서는 평범한 사람과 같아."

"그럼 영혼들도 여기서는 강물에 빠진다는 말이야?"

"자세히는 몰라도 그럴 것이다."

죽었어도 저승 세계에는 가본 적이 없는 알프레드인지라 확신은 못 했지만 그 말이 일리는 있다고 생각했다. 다시 말해서 영혼들의 능력은 인간 세계에서나 가질 수 있는 특권이었다.

"배는 어디로 올까?"

"이 근처 어디겠지."

알프레드가 이리저리 움직이며 두리번거렸다.

"윌리암, 몸을 낮춰라."

"왜?"

나는 알프레드의 목소리에 위기감을 느끼며 본능적으로 몸을 숙였다.

"누군가 있다."

"어디에?"

알프레드가 가리키는 곳을 보았다. 저 멀리 흐린 불빛 아래로 몇 명의 그림자가 모여 있었다. 저승 세계로 가는 영혼들인 것 같았다.

"배를 타는 곳이 저곳인가 보다."

"어떡하지?"

"일단은 가보자."

"알았어."

"내가 먼저 가서 저들을 살필 테니까 너는 몸을 숨기며 따라와라."

알프레드는 영혼이었으니까 저들과 부딪친다고 해도 크게 문제가 될 게 없었다. 그가 가벼운 몸짓으로 나루터로 향하는 동안 나는 최대한 몸을 숙이며 발걸음도 조심스럽게 접근했다. 그래서인지 가까이 다가갈 때까지 아무도 눈치 채지 못했다.

"윌리암, 나오너라."

"그래도 괜찮아?"

나는 알프레드의 지시에 엉거주춤 몸을 세웠다.

"이들은 아직 카오스 상태이구나."

"그래?"

"죽은 지 얼마 되지 않아서 이승과 저승의 중간 상태에 빠져 있는 거야. 이 강을 건너서 저승의 문으로 들어서면 정신이 돌아오겠지."

"그나마 다행이네."

몸을 숨기지 않아도 된다는 말이 이렇게 반가울지는 몰랐다.

"하지만 긴장을 풀어서는 안 된다."

조금의 틈도 안 주는 알프레드이다.

"그 정도는 나도 알아."

나는 삐죽거리며 배를 기다리는 영혼들을 힐끔거렸다. 모두 9명이었다. 배 삯이 없어 저승 세계로 못 가고 강가를 헤매는 영혼들은 보이지 않았다.

"이 사람들은 죽은 이유가 뭘까?"

"후후후."

이미 죽어 있던 알프레드는 웃기만 했다.

"그래도 저들은 행복한 거다."

"죽었는데 행복해?"

"세상에서 가져야 하는 근심 걱정이 모두 없어졌으니까."

나는 고개를 끄덕였다.

"그렇다면 알프레드는 안됐구나."

"왜?"

"죽어서도 나 때문에 편하지 안 잖아."

"아니."

알프레드가 인자하게 웃었다.

"나도 행복하다. 하고 싶은 일을 하고 있거든."

"그럼 다행이고."

나는 알프레드에게 고마움을 느끼며 한곳에 모여 있는 9명의 영혼들을 보았다. 그중에는 어린아이도 2명이나 끼어 있었다. 그 옆으로는 인자해 보이는 나이 든 부인과 젊은 레이디, 그리고 사내들이 나란히 서서 강을 쳐다보는 중이었다.

"끼이이익!"

"끼이이익!"

한참을 기다리는데 어디선가 청동 기구를 서로 문지르는 듯한 소리가 났다. 그 소리는 소름이 절로 돋아날 정도로 음산했다.

"케르베로스의 울음소리다."

"으윽!"

나는 귀를 막으며 알프레드를 쳐다보았다. 두 번 다시 듣기 싫은 소리였다.

"바로 앞에서 들려온다."

드디어 저승 세계의 입구에 열린 것이다.

"조금 있으면 배가 도착할 거야."

"그럼 이제 어떡하지?"

"윌리암."

알프레드가 목소리를 낮추며 말했다. 큰 스승이 살아 있을 때부터 느끼던 거지만 전혀 어울리지 않는 모습이었다. 하지만 중요한 얘기를 꺼내기 위해서 무게를 잡는 것이라 뭐라고 할 수는 없었다.

"이번 일은 나 혼자 하마."

느닷없는 말이었다.

"어째서?"

배신당한 기분이었다.

"우선 죽지 않은 사람은 스틱스 강뿐만 아니라 저승 세계로도 들어갈 수 없어."

"나도 아는 사실이 하나 있어."

"뭘?"

큰 스승이 눈을 치켜떴다.

"알프레드도 이 강을 건널 수 없잖아."

"내가 물을 무서워해서?"

알프레드는 살아서도 물을 무척이나 무서워했다. 뒤에서 적들이 칼을 들고 쫓아와도 물이 앞을 가로막으면 오히려 적한테 달려갈 정도였다.

"아니!"

나는 고개를 가로저었다.

"그럼 뭐야?"

"바로 이거!"

나는 엄지와 검지를 모아서 동글게 만들었다.

"배를 탈 돈 있어?"

"……."

알프레드 가만히 나를 바라보았다.

"방법을 생각해 놨지."

"정말?"

"내가 누구냐?"

팔짱을 끼는 알프레드는 의기양양했다. 그러나 나는 동행을 해야만

하는 또 다른 이유를 갖다 댔다. 나를 두고 가다니 말도 안 되는 소리였다.

"스틱스 강을 건너서 일단 저승 세계로 들어가면 다시는 밖으로 나오지 못해. 케르베로스가 들어가는 영혼들에게는 꼬리를 흔들며 반기지만 나오는 영혼은 그냥 두지 않아."

"내가 너무 많은 것을 가르쳐 주었나 보다."

알프레드가 처음으로 나에게 이것저것 가르친 걸 후회했다.

"내가 같이 가야 그나마 도움이 될 거야."

"만일 너마저 저곳에 갇혀 못 나온다면 우리 샤론 족에게 더 이상 희망은 없다."

"알프레드와 맥슨이 없으면 나 혼자는 어차피 이루지 못할 꿈일 뿐이야. 아버지가 갈망했던 자유와 평화도 말뿐인 거지."

알프레드가 잠시 생각에 잠겼다.

"거울을 믿을 수밖에는 없겠구나."

알프레드는 내 손에 쥐어져 있는 '헤데지바의 거울'을 슬쩍 쳐다보았다.

"나는 배를 타고 갈 테니 거울의 마법을 최대한 이용해서 저승 세계로 들어와라."

"당연히 그렇게 말했어야지."

나는 알프레드가 내 말에 수긍을 하자 배신감을 느꼈던 기분이 다시 상승됐다. 그때 알프레드에게 물어보고 싶은 말이 떠올랐다. 큰 스승도 거울에 들어가 있으면 내 품에 안겨서 편히 저승 세계로 갈 수 있을 것이다. 돈도 없이 위험하게 굳이 배를 타고 갈 필요가 없었다. 한데 굳이 배를 타고 가겠다니……

"알프레드, 무슨 이유가 있는 거야?"

내 생각을 듣고 난 알프레드가 미소를 지었다.

"후후후, 내가 처리할 문제들이 있다. 우선 저승 가는 배에 한자리를 차지해야 저승 입구를 들어갈 자격이 생겨. 살아 있는 너는 마법으로 숨어 들어가도 되지만, 영혼인 나는 절차를 밟아야 해. 입구에서도 케르베로스에게 허락도 받아야 하고…….."

알프레드가 한참 설명을 하다가 말을 멈추었다.

"아무튼, 우리가 저승 세계의 입구에서 무사히 만나기를 리쿠스 신에게 빌자."

"알았어."

나도 더 이상은 물어보지 않았다.

"배가 온다."

강 건너를 바라보던 알프레드가 나에게 시선을 돌렸다.

"정말 배를 탈 수 있어?"

"뱃사공을 속일 수 있을지 모르겠다."

옛날부터 전해오기를 배를 몰아 영혼들을 저승 세계로 데려가는 사공의 이름을 카론이라고 했다. 그가 받는 배 삯은 남녀노소 구분없이 1몬드였다.

"배가 도착하기 전에 돈부터 걷어야겠다."

"무슨 소리야?"

알프레드는 알아듣지 못할 소리를 하고는 아홉 명이 모여 있는 곳으로 향했다.

"윌리암, 나중에 보자."

"그래."

대답을 하면서도 알프레드가 한 말의 뜻이 궁금해 슬그머니 알프레드를 쫓아갔다.

"도대체 뭐 하는 거야?"

나는 중얼거리며 알프레드를 유심히 바라보았다. 그는 카오스 상태에 빠져 있는 영혼들에게 1몬드씩을 걷고 있었다. 하지만 어떤 영혼도 군말하지 않았다. 모두들 고분고분 돈을 꺼내 왜소한 노인의 손바닥 위에 동전을 올려놓았다.

"배 삯은 내가 한꺼번에 낼 테니 먼저들 배를 타면 됩니다!"

돈을 세어본 알프레드가 영혼들에게 소리치자 모두들 고개만 끄덕였다. 그리고 얼마 후에 물 가르는 소리가 파도처럼 일어나더니 작은 나룻배가 강가에 멈추었다.

쏴아아!

나는 얼른 몸을 감추었다.

"모두 배 삯을 준비하고 타거라."

뱃머리로 걸어온 카론이 소리쳤다. 그는 긴 머리에 허름한 옷을 입은 노인이었다. 뱀으로 되어 있는 머리카락과 울퉁불퉁한 얼굴하고 한 손에 망치를 든 모습은 매우 괴팍해 보였다.

"카론님, 이들의 배 삯은 모두 제가 낼 테니 걱정하지 마십시오."

알프레드가 앞으로 나섰다.

"고스트인가?"

카론은 인상을 찌푸렸다.

"아닙니다."

"카오스 상태에 빠진 영혼들은 너처럼 나서지 못한다. 하기야 원한을 풀고 이곳에 오는 고스트들도 마찬가지인데……."

카론으로선 뜻밖의 일을 당하는 듯했다.

"저 같은 영혼도 있습니다. 카론님은 배 삯만 다 받으시면 되지 않습니까?"

알프레드는 태연하게 말하였다.

"맞는 말이다. 신들이 하는 일은 아무도 모르니 그럴 수도 있겠지."

알프레드를 포함해서 열 명인 영혼들이 배에 오르기 시작했다. 그 모습을 지켜보던 나는 나도 모르게 손에 땀이 묻어났다. 잘못해서 알프레드가 자신을 속인 것을 안다면 카론의 망치가 가만히 있지는 않을 것 같았다.

"모두 열 명입니다."

"맞군."

영혼들이 모두 타고 알프레드가 돈을 한 닢씩 세어서 카론의 손이 아닌 옆구리에 걸쳐 있는 검은 주머니에 일일이 넣었다. 그 주머니는 하루 종일 모은 배 삯을 저금하는 곳이었다.

"열! 아홉!"

알프레드는 빠른 속도로 돈을 거꾸로 세었다. 주머니 속에서 돈이 들어갈 때마다 쨍그렁거리는 소리가 울렸다.

"여덟! 일곱!"

카론은 배 삯을 받는 데 열중하느라고 알프레드의 이러한 이상한 행동에 관심을 보이지는 않았다. 아홉 개의 동전이 점점 줄어갔다.

"여섯!"

알프레드가 잠시 카론을 바라보았다.

"나머지 4명 값!"

손바닥 위에 올려놓았던 4개의 동전을 한꺼번에 주머니로 쓸어 넣었다. 동전 떨어지는 소리가 더욱 요동을 쳤다.

"으음!"

카론은 검은 주머니를 귀에 대고 흔들었다.

"어서 가죠."

알프레드는 여유있는 동작으로 배에 타며 카론을 재촉했다.

"맞는군."

동전을 챙겨 넣은 카론이 배를 저어 왔던 길로 돌아가려고 했다.

"휴우!"

가슴을 쓸어 내리며 알프레드가 무사히 배에 오르는 것을 바라보던 나는 거울을 손으로 쓰다듬었다.

"나도 가볼까?"

생각과 동시에 몸이 공중으로 떠올랐다.

"레비테이션!"

가볍게 공중을 날아서 카론의 배를 쫓았다. 방향을 몰랐기 때문에 배에서 시선을 떼지 않았다. 물이 흐르는 소리는 들리는 것 같았지만 발 밑에는 까마득한 낭떠러지였다. 만일 여기서 마법이 풀려 떨어진다면 내 몸뚱이는 산산조각이 날 것이다.

"강물이 검은색인데 흐르지를 않네."

스틱스 강은 온통 검은색이었다. 흐르지 않는 강 사이로 솟아 있는 돌들도 검은색이었으며 그 틈새로 목을 내민 풀잎들도 모두 검은색이었다. 딱 보는 순간 죽음을 빼놓고는 다른 생각을 떠올릴 수 없는 폭이 좁은 강이었다.

"대단한 힘이네."

열 걸음 정도 앞에서 노를 젖는 카론의 팔뚝으로 힘줄이 솟아올랐다. 배에 나란히 앉은 영혼들은 아무 말도 하지 않았다. 카론의 옆쪽에 앉아 있던 알프레드가 뒤를 돌아보았다. 내 모습이 보이지도 않을 텐데 카론 몰래 손을 흔들었다. 평소에는 소심하기로 유명한 큰 스승한테선 볼 수 없는 모습이었다. 카론을 속여서 배를 탔다는 사실이 자랑스러웠던 것 같다.

"거의 다 왔나 보다."

앞쪽에서 흘러가던 배가 시야 속으로 점점 커지며 다가왔다. 저승 세계에 도착한 카론의 배가 멈추어 있는 것이 보였다. 그 강변의 뒤쪽은 하늘 높이 솟아올라 끝도 안 보이는 거대한 산들이 어깨를 나란히 하고 산맥을 이루며 저승 세계의 울타리 역할을 하고 있었다.

"저곳이 입구이군."

굵직한 산들의 위세에 눌리어 입만 멍하니 벌리고 있던 나는 타르타로스라고 불리는 저승 세계의 입구를 금방 알아보았다. 그곳에는 '아케론의 문'이란 커다란 청동 문이 위풍도 당당하게 서 있었다.

"끼이이익!"

"끼이이익!"

청동 대문 앞에서 머리가 세 개 달린 케르베로스가 서로 짖어대며 꼬리를 흔들었다. 수문장은 영혼들을 반갑게 맞이했다.

"저놈들을 어떻게 따돌린다……."

알프레드를 비롯한 열 명의 영혼들이 카론의 배에서 내려 한 명씩 '아케론의 문'을 통과하는 광경을 몰래 지켜보던 나는 걱정부터 올라왔다. 살아 있는 사람들은 들어갈 수 없는 곳이었다. 방법을 골몰하던 나는 거울을 만지작거렸다.

"컨실셀프!"

아버지와 마법사가 싸울 때 보았던 자신을 숨기는 마법이었다. 물론 실력이 뛰어난 아버지가 쉽게 찾아 이겼지만 써볼 만한 마법이었다.

"그때 아버지는 숨소리로 마법사를 찾았었어."

나는 '아케로의 문'으로 향하면서 마법을 쓰며 주의할 사항을 점검했다.

"빨리 따라붙어야겠다."

영혼들이 거의 타르타로스를 향해 들어가고 있었다. 맨 마지막으로 서 있던 초조한 모습의 알프레드가 뒤를 한 번 돌아봤다. 영혼들이 모두 들어서면 청동 문은 닫힐 것이다.

"잘 넘어가야 하는데……."

나는 긴장하며 알프레드의 뒤에 따라붙으며 살짝 말했다.

"알프레드."

"윌리암, 빨리 왔구나."

우리는 케르베로스가 듣지 못하게 속삭였다.

"어때?"

알프레드는 내가 보이지 않자 잠시 주춤했다.

"마법으로 몸을 감추었구나."

"전에 보았던 컨실셀프 주문을 사용했지."

"제법인데."

"중요한 건 여기를 통과하는 거지."

"모두 리쿠스 신의 뜻이다."

"쉿!"

드디어 알프레드의 차례였다. 머리 세 개 달린 케르베로스가 꼬리를 흔들며 반갑게 맞이했다. 하지만 나로서는 진땀이 흐르는 통과 의

례였다.

"끼이이익!"

"끼이이익!"

다시는 듣기 싫은 청동을 긁는 소리가 울린 것은 내가 알프레드의 뒤를 따라 청동 문을 넘어설 때였다.

"이게 무슨 냄새지?"

케르베로스의 가운데 머리가 킁킁거렸다.

"살아 있는 사람 냄새다!"

나머지 두 개의 머리도 알프레드의 뒤로 코를 들이밀었다.

"이상한데? 사람 냄새가 나다니 말야."

"하지만 아무것도 안 보이는데……."

가운데 머리가 고개를 세웠다.

"노인네는 잠시만 멈춰라."

머리 세 개가 각자 두리번거리며 걸음을 멈춘 알프레드의 주위를 살펴보았다.

"끼이이익!"

"여기군."

"끼이이익!"

내 모습이 보이지는 않았지만 케르베로스는 냄새가 나는 알프레드의 꽁무니를 베어 물려고 했다. 저놈의 입에 물리면 나는 그 자리에서 죽음을 면치 못할 것이다.

"케르베로스님!"

"뭐냐?"

입을 크게 벌리던 머리가 알프레드를 쳐다보았다.

"항상 저 같은 영혼에게 친절을 베풀어준다고 들었습니다."

알프레드는 정중했다.

"그래서?"

다른 머리들은 여전히 쿵쿵거리며 알프레드의 주변을 살폈다.

"우선 고맙다는 말을 하고 싶군요."

사람 냄새 때문에 굳어 있던 케르베로스의 표정이 조금 풀렸다.

"사람 냄새의 정체를 밝히는 대로 들여보내 주마."

"그건 그렇고……."

알프레드가 딴청을 부렸다.

"또 뭐냐?"

"궁금한 게 있습니다."

"누구한테?"

세 개의 머리가 동시에 호기심을 보였다.

"비록 몸은 하나지만 머리가 세 개니까 님들이라고 해야 하나요?"

"아무래도 상관없다. 궁금한 게 뭐냐?"

알프레드가 잠시 뜸을 들였다.

"……?"

케르베로스는 흥미로운 듯 세 개의 머리를 한곳으로 모았다. 이렇게 반듯하게 말을 하는 영혼을 본 것은 오랜 세월 '아케론의 문'을 지키면서 처음 있는 일이었다.

(4)



머리 세 개가 휑하니 뚫린 눈을 부라리며 알프레드를 주목하고 있었다. 조금 전까지 사람 냄새로 킁킁거리던 모습은 그 어디에도 보이지 않았다. 덕분에 나는 알프레드의 신호에 따라 문을 통과할 수 있었다. 일단 들어서면 케르베로스도 어쩔 수 없는 것이다.

"어라?"

오른쪽 머리가 갸우뚱했다.

"왜?"

"사람 냄새가 없어졌다."

"킁킁!"

"정말 그러네."

머리들이 서로 쳐다보았다.

"제기 궁금했던 것은……."

알프레드는 케르베로스의 시선을 다시 모았다.

"세 개의 머리 중에 누가 첫째인가 하는 겁니다."

"우리는 동시에 태어났어."

"그럼 형제인가요?"

"형제?"

세 개의 머리가 난감해했다.

"같은 부모에게서 태어났으니까 형제가 분명할 테고, 그렇다면 첫째, 둘째, 셋째가 정해져 있을 거 아닙니까?"

"우리는 지금까지 수천 년을 살면서 그런 문제로 고민해 본 적이 없네."

"그럼 모든 일에 결정은 누가 내립니까?"

"거의 내가……."

가운데 머리가 하려던 말을 멈추고 양쪽 옆을 바라보았다.

"작은 의견이라도 서로가 옳다고 자주 싸웠을 겁니다."

"……."

머리들은 아무 말도 하지 못했다.

"만일 순서가 정해져 있다면 그런 일은 없을 겁니다."

알프레드가 머리들의 표정을 살폈다.

"자네 말이 맞아."

"어떤 일이든 한 번에 결정된 적이 없어."

"창피한 얘기지만, 별거 아닌 문제로 다툰 적도 허다하다네."

세 개의 머리가 서로의 눈치를 살피며 귀를 세웠다.

"형제의 순서가 정해져 있다면 사소한 의견 차이로 싸울 필요가 없습니다. 무조건 첫째가 시키는 대로만 하면 되기 때문입니다. 만일 잘

못돼서 벌을 받는다면 그것도 첫째의 몫입니다. 모든 일에 결정과 책임을 맡을 장자(長子)나 으뜸은 그만큼 중요합니다."

알프레드는 형제 중에서도 첫째의 중요성을 강조했다. 그의 열변이 꼬리를 이었다.

"세상 모든 이치에 머리와 꼬리가 있는 것은 신이 내린 이치인데, 하물며 '아케론의 문'을 지키는 케르베로스님의 머리들 중에 이곳을 책임질 첫째가 없다니 믿을 수가 없습니다."

"듣고 보니 일리있는 말이다."

가운데 머리가 양쪽 머리를 번갈아보았다.

"같은 날 태어나도 엄마의 배에서 나온 순서로 형, 동생을 정하는데 셋 중에 누가 먼저 나왔나요?"

"중심에 있는 나부터 세상에 나왔겠지."

가운데 머리가 당연하단 말투로 대답했다.

"무슨 소리야? 제일 똑똑한 내가 형이다."

뱀의 머리가 달린 턱을 흔들며 오른쪽 머리가 나섰다.

"첫째는 용감해야 하는 거야. 그러니까 당연히 내가 형이지."

왼쪽 머리도 자신이 첫째라고 우겼다.

"아니, 이것들이?!"

가운데 머리가 으르렁거렸다.

"한번 해보겠다는 거냐?"

가장 용감하다고 나섰던 왼쪽 머리였다.

"모든 걸 힘으로만 해결할 수는 없는 거야."

똑똑한 오른쪽 머리였다.

"영혼들의 출입을 통제하는 것은 나야."

가운데 머리는 여전히 중심에 있는 자신이 케르베로스의 존재를 대변한다고 했다.

"크르르륵!"

"크르르륵!"

서로 잡아먹을 듯한 표정으로 이빨 가는 소리를 냈다.

"잠시만!"

분위기가 점점 험악해지자 알프레드가 얼른 나서서 싸움을 제지했다. 그는 은근 슬쩍 말을 놓으며 친한 척까지 하였다. 하지만 케르베로스는 개의치 않았다.

"내가 형제의 순서를 알아봐 주지."

"네가 어떻게?"

"첫째는 현명하지. 비록 동시에 태어났다고 해도 신께서는 형제들을 이끌고 갈 수 있는 지혜를 준다."

"그것 봐."

왼쪽 머리가 의기양양했다.

"아니야. 지혜로운 것과 똑똑한 것하고는 달라."

"맞는 말이다."

나머지 두 개의 머리가 알프레드의 말에 좋아했다.

"우리 중에 누가 지혜로운지 알아낼 방법이라도 있나?"

왼쪽 머리가 툴툴거렸다.

"물론 있지."

세 개의 머리가 동시에 눈을 크게 떴다.

"어서 말해 봐."

"내가 문제를 줄 테니 가장 훌륭한 답을 구하면 된다."

"좋아!"

역시 똑똑하다고 자부하는 왼쪽 머리였다.

"신께서 너희들에게 명하기를 세상에 존재하는 것 중에 '검은색 진리'를 구해오라고 하면 무엇을 가져올 거지?"

"검은색 진리?"

"그래."

"……?"

세 개의 머리가 서로를 쳐다보며 한참을 생각하더니 결국에는 답을 모르겠는지 어깨를 으쓱했다.

"못 구해 와서 신께서 벌을 내린다고 하면 어떻게 할래?"

"으음!"

"왼쪽 머리가 똑똑하니까 말해 보게."

"글쎄."

얼른 생각이 나지 않는 모양이다.

"생각들 해보게."

알프레드가 문 안으로 몸을 돌렸다.

"어디를 가지?"

"나도 이제는 들어가야지."

"그럼, 우린 누가 순서를 정해주지?"

"우선 답부터 구해봐. 나중에 내가 다시 들를게."

손을 흔들며 사라지는 알프레드를 멍한 눈으로 보낸 케르베로스의 머리들은 심각한 표정으로 곰곰이 문제의 답을 찾는 모습이었다.

"알프레드."

나는 무사히 들어오는 알프레드에게 다가갔다. 그러나 큰 스승은 내 모습이 보이지를 않아서인지 이쪽을 쳐다보고도 별 반응이 없었다. 내가 부르는 소리도 듣지 못한 것 같았다.

"휴우! 다행히 잘 넘겼다."

알프레드는 크게 숨을 내쉬었다.

"전부 알프레드 덕분이지."

내 접근을 눈치 채지 못하고 있던 큰 스승의 귓가에다 그렇게 속삭이자 알프레드가 깜짝 놀라며 자지러졌다.

"아고고, 깜짝이야!"

"아, 미안. 많이 놀랐어?"

나는 너무 놀라는 알프레드를 보자 미안한 마음이 들었다.

"그건 그렇고, 이제 어쩌지?"

"우선 맥슨의 영혼을 찾아서 나가는 게 문제다. 그리고……."

말을 하다가 멈춘 알프레드가 머리를 흔들었다.

"아니다. 일단 발등에 떨어진 불부터 처리하자."

"왜 그러는데?"

"다시 세상 밖으로 나가는 데도 몇 가지 문제가 있어."

"들어왔을 때 별일없었으니까 괜찮을 거야."

"그랬으면 좋겠다."

알프레드는 나의 긍정적인 생각을 별로 탐탁지 않게 여기는 눈치였다. 아직도 철없는 어린아이로 보는 게 틀림없었다.

"근데, 맥슨을 어디서 찾는다……."

알프레드가 주변을 살펴보았다.

"굉장히 넓다."

저승 세계인 타르타로스로 들어서는 마을 어귀에는 검은 포플러가

벽처럼 길게 늘어서 있었다. 그 장벽을 건너서자 타르타로스의 광경이 한눈에 들어왔다. 어둡고 칙칙한 지하 세계보다 오히려 밝고 활기가 넘쳐 보였다. 지상의 사람들이 사는 곳과 별반 다르지 않았다. 육체의 고통에서 벗어난 영혼들은 행복한 것 같았다. 고스트마저 원한을 풀고 이곳에 오니 억울하거나 삶에 미련이 있는 영혼들은 없었다.

"알프레드 눈에도 내가 아직 안 보이지?"

"마법이 완벽하게 걸렸나 보다."

"전부 거울 덕이다."

이곳에 머무는 동안 나는 계속 몸을 숨기고 다니기로 했다. 그렇지 않으면 영혼들에게 금방 들킬 것이 틀림없었다. 불빛에 희미하게 비치는 그림자를 지울 수는 없었다.

"여기는 지하 세계하고는 다르구나."

알프레드는 신기한 듯 주변을 살펴보고 있었다.

"그래?"

검은 포플러의 방벽(防壁)을 지나 마을 중심으로 내려오면 일정한 크기의 하얀 집들이 단층으로 단조롭게 연이어 펼쳐져 있었다. 어딘가 모르게 단순한 구조에서 오는 답답함도 있었지만, 전체적으로 깨끗한 느낌이었다.

"드래곤 족의 영혼만 모이는 곳이 아니다."

"정말이네."

주변에는 드래곤 족의 특징인 검은 머리의 영혼들만 있는 것이 아니었다. 각양각색의 사람들이 연신 벙글거리며 가벼운 걸음걸이를 길거리에 뿌리고 있었다.

"신들이 떠나면서 인간에게 남긴 선물을 하이드랜드에 묻은 이유와 타이타로스는 무슨 연관이 있을까?"

알프레드는 잠시 생각에 빠졌다.

"신들이 세상을 만든 건 남쪽 대륙부터인데 이상해."

나도 심각한 어조로 말을 꺼내며 알프레드의 모습과 똑같이 턱을 쓰다듬었다. 열두 신들은 전혀 반대쪽은 아니었지만 대륙을 만든 곳하고는 꽤 먼 거리의 섬 밑에 저승 세계를 넣은 것이다.

"신들이 하는 일이니까 깊은 뜻이 있겠지."

호기심 많은 나도 체념하듯이 말을 했다. 지금 우리에게 제일 중요한 것은 맥슨의 영혼을 찾는 일이기 때문이었다.

"그럴 테지."

"살다 보면 언젠가는 그 이유를 알게 될 거야."

내가 제법 어른스러운 말을 했다.

"그렇더라도 신들의 깊은 속을 대충은 짐작할 수 있지."

"알프레드는 짚이는 것이라도 있어?"

"그냥 짐작만 하는 거지 뭐."

"……."

알프레드는 정말 대단하다. 문제를 제시한 지 얼마 되지도 않았는데 금세 답이 나오니… 나하고는 차원이 다르다.

"신들에게 심오한 뜻이라도 있다는 거야?"

"내 짐작으로는 신들이 생과 죽음을 떨어뜨려 놓은 것으로 보인다."

알쏭달쏭한 말이었다.

"생과 죽음이란 가깝고도 먼 거 아닌가?"

"후후후."

알프레드는 연거푸 어른스러운 모습을 보이는 나를 기특한 듯 바라보았다.

"리쿠스 신이 대륙을 만들면서 인간들에게 영원히 살아 자유와 평화를 마음껏 누리라는 뜻에서 죽음을 멀리 두었을 것이다."

"신들이 대륙을 떠나면서 보물을 하이드랜드에 묻은 것은 죽음이 세상의 빛을 뺏더라도 신하고 인간의 관계는 불변(不變)이라는 암시를 준 거고."

"이제 내가 보람을 갖는구나."

"무슨 보람?"

"윌리암을 가르친 보람."

"치~!"

말은 안 했어도 나에게 수업을 시키면서 마음 고생이 많았나 보다.

"너를 가르치는 게 전혀 가치가 없는 일인 줄 알았는데 이 정도라니 뿌듯하다."

"그 정도야?"

"아슈빌님이 이런 너를 보지 못하고 돌아가신 게 슬플 정도다."

"거기서 아버지 얘기를 왜 꺼내."

나는 시무룩해졌다.

"어쩌면 아슈빌님도 이곳에 있겠구나."

"아버지가?"

"죽어서나 갈 수 있는 곳이 여기니까."

"아닐 거야."

반색을 하던 나는 다시 얼굴에 그늘을 드리웠다.

"왜 그런 생각을 하지?"

"아버지는 억울하게 죽어서 이곳에 오지 못했을 거야."

"아닐 수도 있다."

"엄마에게 죽임을 당했는데 억울하지 않다면 말이 안 되지."

"세상을 구하지 못한 것은 그럴 수 있지만 사비나님 손에 목숨을 잃은 것은 오히려 아슈빌님이 바랬을지도 모른다."

"말도 안 되는 소리 하지 마!"

내가 버럭 소리를 질렀다. 옆으로 지나가던 영혼들이 알프레드를 이상한 눈초리로 쳐다보았다. 슬픔도, 고통도 없다는 타르타로스에서 비명에 가까운 소리를 지르는 경우는 없는 것 같았다.

"이보게 친구!"

"나 말인가?"

하얀 백발의 영혼이 알프레드에게 다가왔다. 그는 큰 스승과 비슷한 연배였다.

"나는 코로키라고 하네."

"반갑네."

알프레드가 얼떨결에 인사를 했다.

"친구는 여기서 헤매는 이유가 뭔가?"

코로키는 방황하는 영혼(?)을 안쓰럽게 바라보았다.

"타르타로스에 온 지 얼마 안 돼서 그러네."

"그렇다면 더욱 이상하군."

"……?"

"새로 온 영혼들은 죽음의 신이신 데드라우트님의 심판을 받아야 하는데, 왜 여기서 헤매는 거지?"

코로키는 이해하지 못하는 표정이었다.

"일행을 놓쳐서 길을 잃어버렸어. 심판은 어디서 받는데?"

알프레드가 얼렁뚱땅 사태를 수습하려고 했다.

"그러고 보니 자네는 정말 이상하군. 어떻게 얘기를 그렇게 잘하지?"

"이 정도야 뭘……."

알프레드는 어깨를 들썩였다.

"보통은 일주일 가량이 지나야 정신을 차리는데 말야. 아무래도 자네는 제대로 된 영혼 같지는 않군."

코로키가 알프레드를 이상한 눈으로 쳐다보았다.

"나는 좀 특별난 영혼이거든."

알프레드가 말도 안 되는 핑계를 갖다 붙였다.

"어서 가세."

코로키가 알프레드를 잡아 끌었다.

"어디를?"

"심판하는 자리에 가야지."

"꼭 가야 하나?"

믹싱 코로기가 안내를 히려고 히지 알프레드가 버팅겼다. 그는 가 봐야 좋을 것이 없는 영혼이었다.

"그런 건 아니지만 심판을 받는 광경을 보는 것은 이곳에서 제일가는 구경거리지. 더군다나 자네는 오늘의 주인공이 아닌가?"

"허허허, 맞아."

알프레드는 엉거주춤 몸을 사리며 코로키의 뒤를 따라갔다. 나도 알프레드의 뒤에 바짝 붙어 있었다. 세상의 근심 걱정이 지워진 영혼들이라지만 나름대로 구경거리를 즐길 줄 아는 듯했다.

"이 모퉁이만 돌면 되지."

"가깝구만."

우리가 있던 자리하고 얼마 떨어지지 않은 거리였다.

"벌써 많이 모였지?"

"그러게."

여러 형태의 영혼들이 목을 길게 빼고 있었다. 그들의 시선이 머무는 곳에는 사람 키 정도 되는 높이의 꽤 넓은 단상이 있었다.

"자네는 앞으로 가게."

"엉?"

"이름을 부르면 나가서 심판을 받아야 해."

"혹시 도망가는 영혼은 없나?"

등을 떠밀리면서 발목에 은근히 힘을 주고 버티던 알프레드가 요상한 표정으로 코로키를 바라보았다. 그러나 하얀 백발의 영혼은 미소를 잃지 않고 있었다.

"카오스의 상태에서 도망은 있을 수도 없어. 그리고 한 번도 본 적 없는 일이지만 자네처럼 이렇게 혼자 돌아다닌다고 해도 이곳은 데드 라우트 신이 직접 다스리는 곳이네. 어디 있든지 곧 걸리게 되네."

"불가능하단 말이군."

"쓸데없는 소리는 그만 하고 어서 앞으로 가게. 그럼, 자네하고 같이 오늘 이곳에 온 영혼들이 있을 거네."

코로키는 알프레드의 손을 잡아끌었다. 영혼끼리는 신체적인 접촉이 가능한 듯했다.

"내가 혼자 가지."

알프레드는 당황했다.

"미안해할 거 없어."

코로키는 친절을 베푸는 자신에게 알프레드가 고마워할 거라고 여기는 듯했다. 하지만 그의 친절은 알프레드를 곤경으로 몰아넣고 있었다.

"저쪽에 모여 있을 거야."

이런 광경을 자주 보았던 코로키는 영혼들이 심판을 받는 자리를 잘 알고 있었다.

"심판관이 나온다!"

"와아─!"

영혼들이 소리를 질렀다.

"전부 몇 명인가?"

심판관은 근엄한 모습이었다.

"아홉 명입니다."

옆에 서 있던 호리호리한 남자가 대답했다.

"하나, 둘, 셋……."

심판관이 오늘 들어온 영혼들의 숫자를 세기 시작했다.

"…다섯, 여섯……."

짧은 바지와 벗어젖힌 신판관의 몸통에는 가죽 밴드가 엑스(X) 자로 엮여 있었다. 뒤로 반듯이 묶은 머리하고는 전혀 어울리지 않는 차림새였다.

"큰일이네."

코로키가 호들갑을 떨었다.

"무슨 일이라도 있나?"

억지로 끌려가는 알프레드가 말을 받았다.

"숫자가 틀리면 자네를 찾아 나설 테고 잘못하면 큰 벌을 받을지도 모르네."

"한 번도 그런 일이 없었다면서 자네가 어떻게 알아?"

"정석에서 벗어나는 것은 좋지 않은 일이니까."

맞는 말이다. 꼭 있어야 할 자리에 없다면 그것은 틀림없이 정석을 벗어나는 일이었다. 인간 세상에서도 법이라는 것을 정해, 그런 일에 대한 대가는 잔혹하기까지 했다.

"그렇군."

알프레드는 하는 수 없이 코로키가 끄는 대로 따라갔다.

"…일곱, 여덟……."

심판관의 숫자는 벌써 끝으로 가고 있었다.

"잠깐만!"

코로키의 얼굴이 정색이 되며 손을 흔들었다. 그러나 심판관은 그의 소리를 못 들었는지 다음 숫자를 세었다.

"아홉!"

숫자를 모두 세고 나자 심판관은 두 손을 번쩍 들었다.

"이제부터 심판을 시작한다."

"와아—!"

영혼들은 환호성을 질렀다.

"이상하네?"

사색이 되던 코로키가 황당한 표정을 지으며 알프레드를 바라보았다.

"착오가 있나 보지."

알프레드가 어깨를 으쓱했다.

"어떻게 이런 일이 있지?"

"나는 특별나다고 했잖아."

"아무튼 무사히 넘어갔으니 다행이네."

"고맙군."

"심판을 받지 않는 영혼은 자네가 처음일 거야."

"후후후."

알프레드는 대답 대신 웃음을 흘리며 심판대를 바라보았다.

"지금부터 이름을 부르면 차례대로 올라와라."

"예."

심판관의 지시에 아홉 명이 일제히 대답했다.

"스멜라!"

"예."

호명이 시작됐다.

"아스토니!"

"예."

젊은 레이디에 이어서 중후한 여인이 대답을 했다. 그 뒤로 아이 둘하고 사내 다섯 명이 차례대로 호명에 맞추어 심판대로 올라갔다.

"모두 한자리에서 죽었군."

"그렇습니다."

심판관의 물음에 왜소한 사내가 대답하며 넓적한 동판을 건네주었다.

"살면서 죄가 없었던 여자 두 명과 아이 둘은 내려가도 좋다."

동판에 쓰여져 있는 내용을 읽어 내려가던 심판관은 일차적으로 판결을 했다. 그러자 여자와 아이들은 가볍게 인사를 하고는 심판대를 내려왔다.

"남자들은 모두 처형하라!"

"알겠습니다."

다섯 명의 남자들은 아무 말 없이 심판을 받아들였다.

"이제 저들은 어떻게 되나?"

알프레드가 코로키에게 궁금증을 드러내며 물었다.

"저들의 죄상을 밝히고 영혼을 지워 버리네."

"가장 끔찍한 벌이군."

죽어서도 또 죽어야 한다면 그것보다 더 큰 처벌은 없을 것이다.

"남자 다섯의 죄명은……."

심판관이 동판의 나머지 내용을 읽었다.

"강도 살인이다. 마차를 타고 가던 여자 둘과 아이 둘을 죽이고 돈을 빼앗았다. 하지만 비명을 듣고 달려온 정의로운 기사들에게 죽임을 당한 것이다. 이들은 영혼으로도 살 가치가 없으므로 처형을 명한다!"

"와아―!"

영혼들이 판결에 만족한 듯 소리를 질렀다.

"처형하라!"

위로 올라갔던 심판관의 손이 허공을 가르며 아래로 떨어지자 몇 명의 건장한 사내들이 올라왔다. 심판관과 똑같은 복장을 한 자들이었다. 순간 나는 짜릿한 전율을 느꼈다.

"맥슨이다."

알프레드 곁에 바짝 붙어다니던 내가 작은 소리로 읊조렸다. 심판관이 부르자 올라온 사내들 중에 죽어도 못 잊을 얼굴이 속해 있었다. 덩치가 커다랗고 우직한 성격이 그대로 배어 있는 넓적한 얼굴을 보자 눈물이 핑 돌았다.

"맥슨! 내가 왔어, 윌리엄이 왔다고."

목이 메여 나오지 않는 건조한 목소리로 외치며 뛰쳐나가려고 했지만, 알프레드가 보이지 않는 나를 간신히 가로막고 나섰다.

"윌리엄, 침착해라."

알프레드가 제지하지 않았다면 나는 심판대에 벌써 오르고도 남았을 것이다.

"아는 사람이 있나?"

코로키는 알프레드의 시선을 짚었다.

"저기⋯⋯."

알프레드는 손가락으로 맥슨을 지목하며 어쩔 줄 몰라 했다. 그도 가슴이 벅차기는 마찬가지였을 것이다.

"저 덩치 큰 처형관은 여기 온 지 세 달 정도 되네."

코로키는 알프레드가 가리키는 맥슨에 대해서 있는 그대로 풀어놨다.

"그는 오자마자 처형관이 됐는데 비밀이 많이 있는 영혼이지. 아무리 뛰어나다고 해도 바로 저 자리에 있을 순 없네."

"일반 영혼은 저들보다 신분이 아래인가?"

"그렇지는 않아. 여기는 원래 신분의 구별 따위는 없어. 그리고 저런 자리는 일반 영혼들은 하라고 해도 안 해. 하지만 처형관의 위치는 여기서도 특별한 자리이긴 하지. 그렇다고 일반 영혼들 위에 군림하는 것이 아니라 신을 대신한다는 정도야. 어떻게 보면 자유롭게 쉬지도 못하는, 우리보다 불쌍한 영혼들이지."

보통 영혼인 자신들보다 한 단계 높은 레벨의 처형관을 설명하면서도 코로키는 두려운 모습을 보이지 않았다.

"정말 아는 사인가?"

설명을 마친 코로키가 알프레드를 쳐다보았다.

"내 아들이야."

알프레드가 침통한 목소리로 대답했다.

"정말?"

코로키가 놀란 얼굴을 하였다.

"내 아들이라고 해서 놀랐나?"

"후후후, 그게 아니고, 삶을 놓고 이곳에 오면 식구나 친구 같은 인연들은 잊게 되지. 그런데 저 처형관을 쳐다보는 자네의 눈빛에는 정이 살아 있었어. 살아 있는 사람에게서나 느낄 수 있는 사랑 같은 거말야. 그래서 놀랐네."

"자네도 나한테 친절하잖아. 그것도 일종의 정 아닌가?"

"호감을 갖는 것은 영혼들도 할 수 있는 일이야. 하지만 자네처럼 눈물이 글썽거릴 정도는 아니네. 우리 영혼들은 상대를 똑같이 대하네. 내가 자네에게 지금 친절을 보이는 것은 처음 보는 얼굴이라 그런 거야."

"그런가?"

"아무래도 자네는 정말 특별한 영혼이군."

코로키는 알프레드를 다시 살펴보았다. 그때 처형이 진행 중이던 심판대에서 굵은 호령이 들려왔다.

"모두 없애라!"

"옙!"

처형관들이 기다렸다는 듯이 사내 한 명씩을 잡아 작은 통 속에 집어넣고 있었다. 그 모습이 마치 바비큐 파티를 위해 돼지를 잡아 넣는 듯했다.

"으으윽!"

"살려줘……."

카오스 상태로 가만히 앉아서 심판을 덤덤하게 받아들이던 사내들이 본능적으로 몸을 움츠리며 몸을 숙였다.

"어서 처형하라!"

심판관의 음성은 더욱 메마르게 울려 퍼졌다.

"으아아아!"

"싫어!"

다섯 명의 사내 중에 두 명이 벌써 처형관의 손에 잡혀 통 속으로 끌려 들어가고 있었다. 공포에 젖은 사내들의 얼굴이 창백했다.

"저 통은 뭐지?"

"퍼니쉬 바틀(Punish Bottle)이지. 저 속에 들어가는 즉시 영혼은 없어지네."

"말 그대로 처형하는 통이군."

알프레드는 진지한 모습을 보였다.

"허억!"

"크아아악!"

처형은 계속 이어졌고 비명 소리 또한 더욱 처절하게 사방으로 퍼져 나갔다.

"윌리암, 볼 만하냐?"

"아니. 맥슨 때문에 억지로 보는 거야."

심판대에서 벌어지는 처형 장면을 억지로 바라보던 나는 시야에서 맥슨을 놓치지 않고 있었다. 느니어 맥슨의 차례가 됐다. 그는 능숙한 솜씨로 죄인을 잡아 팔다리를 꺾었다.

"제발 살려주세요."

죄인이 애원했지만 맥슨은 얼굴색 하나 안 변하고 다음 순서를 진행했다. 그는 다른 처형관과 다르게 통 속으로 죄인의 머리부터 집어넣고 있었다.

우드드득!

끼이이익!

기분 나쁜 마찰 음이 '퍼니쉬 바틀'에서 들려왔다.

"너무 잔인하고 무식해."

"맥슨이 원래 그렇잖아."

나와 알프레드가 인상을 쓰며 다섯 명의 사내들이 차례로 통 속으로 빨려 들어가는 모습을 뼈 가는 소리와 함께 지켜보았다.

"난 그만 가봐야겠네."

우리와는 다르게 덤덤한 표정으로 사내들이 처형되는 모습을 지켜보던 코로키가 먼저 몸을 돌렸다.

"벌써?"

"매일 보는 장면인데 특별난 것도 없고 해서. 오늘 새로 온 레이디하고 노부인한테 인사나 하러 가려고."

"코로키, 오늘 정말 고마웠어."

"고맙긴."

"나도 일이 있어 가봐야겠네."

"헤어지기 전에, 자네에게 또 하나의 문제가 있다는 걸 말하고 싶어."

"또 하나의 문제?"

맥슨을 찾아가려던 알프레드가 멈추었다.

"심판을 받고 여기에 남게 된 영혼들은 살 곳이 정해지는데, 자네는 심판을 받지 않았으니 어디서 쉴 텐가?"

"걱정 말게. 내가 알아서 하지."

잠시 알프레드를 뚫어지게 바라보던 코로키가 미소를 띠었다.

"알았어. 그럼 잘 가게."

"그래."

코로키와 인사를 하고 알프레드는 빠른 걸음으로 맥슨이 죄인을 벌하던 심판대의 뒤로 걸어갔다. 나 역시 그 뒤를 부리나케 따랐다.

"아직 맥슨이 있을까?"

"없다고 해도 사는 장소만 알면 찾기는 쉬울 거야."

"리쿠스 신이 우리를 보살피기는 하는가 봐."

"후후후, 그러게 말이다."

몇 번의 고비를 잘 넘기며 걱정했던 것보다 모든 게 쉽게 풀리고 있었다. 신의 배려가 없다면 도저히 있을 수 없는 결과였다.

"맥슨도 쉽게 만날 거다."

"맞아."

나는 확신했다.

"윌리엄, 조금 전에 처형 장면을 보면서 느낀 점이 있니?"

"절대로 죄짓고 살면 안 된다."

"기특하다."

"새삼스럽게."

괜히 머쓱해졌다.

"그것만으로도 이곳에 온 보람은 있다."

"알프레드는 나를 너무 어리게만 본단 말야."

"후후후."

알프레드는 내 망가진 기분을 아는지 모르는지 심판대로 향하는 발걸음에 속도를 붙였다.

"맥슨이다."

"맥……."

내가 반가운 마음에 덩치 큰 친구를 부르려고 하는데 알프레드가 말렸다.

"맥슨 혼자 있을 때 찾아가자."

"알았어."

주변에는 다른 처형관들과 심판관이 모여 있었다.

"조용히 따라가 보자."

"응."

나와 알프레드는 거리를 두고 맥슨 일행을 쫓아갔다. 알프레드를 거울로 불러들인 이후라 영혼들의 눈에 우리의 모습은 보이지 않았다. 그래도 나는 조심스럽게 걸음을 떼어놓았다.

"너무 바짝 붙지 마라. 숨소리가 들릴지 모르니까."

"그 정도는 나도 알아."

"너무 붙지 말라니까."

거울 속에서 알프레드가 또 한 번 주의를 주었다.

"알았다니까."

알프레드의 잔소리에 나는 짜증이 났다. 하긴, 이곳에 와서 지금까지 모든 일을 손수 처리하던 큰 스승이었으니 나 혼자 움직이는 게 걱정도 되기도 할 것이다. 강을 건너며 카론의 배에 탄 것이라든지 입구에서 케르베로스를 따돌리고 사람 냄새가 나는 나를 무사히 데리고 들어온 것도 모두 큰 스승의 재치 덕이었다. 하지만 그렇다고 내가 미행하는 것도 못할까 봐 쫑알대는 것은 나를 너무 무시하는 처사였다.

"윌리암, 걸리면 끝장이다."

"알프레드나 조용해! 다 들리겠어."

나는 알프레드의 입을 막으며 좀 더 가까이 다가갔다. 맥슨 일행은 광장을 가로질러 심판대의 정면에 위치하고 있는 커다란 집으로 들어갔다.

"우리도 따라가자."

타르타로스의 집들은 모두 똑같은 모양이다. 인간 세상에서 살면서 가졌던 명예나 지위, 권세가 통하지 않는 이곳에서는 신분의 차이가 없었다. 하지만 백발의 영혼인 코로키가 말했던 것처럼 심판관과 처형관들은 여기서도 조금 다르긴 한 것 같았다.

그들이 들어간 건물은 일반적인 다른 건물보다 몇 배나 컸다. 일반적인 건물은 단층이었지만 이 건물은 3층으로 되어 있었다.

(5)

집 안은 깨끗했다. 전체적으로 하얀색이었으며 장식품이나 그림 같은 것은 하나도 걸려 있지 않았다. 너무 깨끗해서 차가운 느낌마저 들었다. 샤론 족은 전쟁터에서 어려운 막사 생활을 했지만 자신의 취향에 맞추어 집 안을 꾸미는 일을 게을리하지는 않았다. 전쟁을 치르고 들어온 엄마도 시간이 날 때마다 장식품들을 걸어놓곤 했다.

"도대체 어디로 간 거야?"

바로 쫓아왔는데 맥슨은 보이지 않았다.

"어서 찾아보자."

"그 덩치 맥슨이 여기서는 날렵한가 보네."

나는 곰탱이라고 놀리던 맥슨을 떠올렸다.

"이쪽으로 가보자."

알프레드가 가리키는 곳으로 몸을 돌렸다. 현관부터 쭉 뻗은 복도를 따라 집 안으로 들어가자 몇 갈래의 복도가 나뭇가지처럼 이리저리 나 있었는데, 건물 내부는 매우 단조로웠다.

"영혼들은 집 안에 치장 같은 것도 안 하나 봐."

"보이는 것이 아닌 다른 데에서 행복을 찾는다는 말이겠지."

"사람들이 치장하고 꾸미며 사는 게 행복하려고 그러는 거야?"

"자신의 울타리를 꾸미는 것은 살아 있다는 증거를 스스로 찾는 거지. 살아 있다는 사실을 알게 되면 행복한 거고."

"알프레드의 말은 항상 어려워."

내가 삐쭉댔다.

"너도 더 크면 안다."

알프레드는 또 한 번 나를 어린애 취급하고 있었다.

"그런데 어째 으스스하다."

"정신을 집중하고 잘 찾아봐."

내부로 들어갈수록 하얀 공간은 두려움을 가져왔다. 온통 하얀 통속에 갇혀 있다는 착각이 들었다. 창문도 보이지 않았으며 방도 없었다. 우리가 마치 덫에 걸려 미로를 돌아다니는 짐승 같았다. 처음 오는 방문객들은 이 넓은 집에서 틀림없이 길을 잃어버릴 것이다. 길게 뻗은 복도를 걸어가자 내 정신도 몽롱해지고 있었다. 맥슨을 처음 보았을 때 가졌던 기쁨이 퇴색되어 가는 중이다.

"다시 현관이다."

"그렇구나."

나는 지치기 시작했다. 벌써 몇 바퀴인지 모른다. 복도를 따라 멍청히 하얀 벽을 걷다 보면 몇 갈래의 복도가 나오긴 하지만, 어느 길이든 종착섬은 우리가 들어온 현관이었다. 하다못해 2층, 3층으로 뻗어 있는 층계를 올라가도 결과는 마찬가지였다. 더욱 답답한 것은 포기하고 돌아갈 수도 없다는 사실이었다.

한 바퀴 돌고 이곳으로 다시 왔을 때는 이미 출입구가 없어진 것이나 다름없이 바뀌어 있었다. 밖은 보이는데 막혀서 나갈 수가 없게 된 것이다. 알프레드가 거울에서 나와 밖에 지나다니는 영혼들에게 소리를 질러봤지만 아무도 듣지 못했다. 결론적으로 우리는 이 하얀 집에 갇히고 만 것이다.

"다시 한 번 잘 살펴보자."

"아무리 봐도 맥슨이 사라질 만한 공간이 없어."

우리는 중얼거리면서도 길게 뻗어 있는 복도를 주의 깊게 살폈다.

"분명히 있을 텐데."

알프레드가 귀를 벽에 바짝 붙이고 손을 쫙 뻗어 더듬거렸다.

"문이 있다!"

진지하게 벽을 더듬던 알프레드가 긴 시간을 허비하더니 드디어 소리를 질렀다.

"정말?"

그렇게 눈을 부릅뜨고 헤맬 때는 보이지 않더니 이상했다. 하지만 그런 것을 따져 가며 생각할 여유가 없었다.

"맥슨이 있을까?"

"모르지."

알프레드는 서서히 문으로 갔다. 틈 하나 보이지 않는 문을 찾아낸 그가 대단해 보였다. 나는 아무리 두리번거려도 스르르 열리는 문을 직접 보기 전에는 전혀 알아볼 수가 없었다.

"조용하네."

"아무도 없나 보다."

반쯤 열린 문틈으로 보이는 것도 전부 하얀색이었다. 문이 활짝 열려 있다고 해도, 신경 쓰지 않고 지나치면 방이 있는지 없는지도 알지 못할 정도로 전부 똑같은 하얀색으로 덮여 있었다.

"어디……."

알프레드는 슬며시 어깨로 문을 밀며 완전히 열어젖혔다. 내가 덩달아서 살짝 생긴 문틈으로 방 안이 보려 했지만 잘 보이지 않았다. 솔직히 문이 열린 건지 그냥 벽인지도 분간하기 힘들었다. 나는 벽을 짚으며 더욱 바짝 문틈으로 다가가려 했다.

쑤우욱!

그 순간 내 몸이 벽 안으로 빨려 들어갔다.

"알프레드!"

너무 놀라 소리쳤다.

"어떻게 된 거야?"

알프레드가 어쩔 줄 몰라 했다.

"몰라."

"자신이 한 일을 모르다니?"

"그냥 벽에 손을 짚었는데 이렇게 통과해 버리네."

나는 벽을 통과해서 반 이상 방 안으로 들어간 몸을 빼내며 알프레드를 보았다.

"영혼들이 사는 타르타로스에서는 살아 있는 사람이 유령 같은 존재인가 보다."

"우리 세상하고는 반대로 생각하면 되겠구나."

이해가 잘 되지는 않았지만 그럴 수도 있다고 생각됐다.

"가만히 생각해 보니까 성질나네."

"왜?"

나는 화가 치밀어 올랐다. 진작에 알았으면 인간인 내가 벽을 뚫고 다니면서 방을 찾았을 텐데, 그것도 모르고 복도만 따라 빙빙 돈 것을 생각하면 괜히 얼굴로 열이 올라왔다.

"다른 데로 가보자."

알프레드가 문을 닫으며 몸을 돌릴 때였다.

"웬 놈이냐!"

인상이 험악한 남자였다.

"저……."

말문이 막힌 알프레드가 더듬거렸다.

"이곳은 일반 영혼들이 들어올 수 없는 곳인 걸 아는가?"

대머리인 사내는 맥슨과 같은 처형관인 듯했다. 나는 아직도 마법을 시행 중이어서 사내의 눈에는 보이지 않았다.

"죄송합니다."

"변명은 통하지 않는다."

"오늘이 처음이라 실수를……."

"처음이라고?"

누그러지는 말투다.

"타르타로스에 오늘 왔습니다."

알프레드는 선처를 바랐다.

"우스운 놈이군."

"잘못했습니다."

머리를 깊숙이 숙이며 사죄를 한 알프레드는 사내의 눈치를 살폈다.

"따라와!"

"어억!"

사내는 알프레드의 먹살을 잡아챘다. 그가 침입자를 질질 끌면서 데려간 곳은 복도 끝에 있는 커다란 방이었다. 그 방도 역시 온통 하얗고 깨끗했다.

우당탕탕!

사내가 알프레드를 바닥에 던지다시피 내려놓자 다른 사내들이 몰려들었다.

"무슨 일인가?"

제일 우두머리로 보이는 남자가 거드름을 피우며 상황을 물었다. 그는 조금 전에 밖에서 보았던 심판관이었는데, 엑스 모양의 가죽 띠를 두른 복장 그대로였다.

"침입자입니다."

"농담하나?"

전혀 믿지 않는 목소리였다.

"침입자가 맞습니다."

사내는 심판관이 믿지 않는 듯하자 다시 한 번 정확히 보고를 했다.

"정말 침입자인가?"

심판관은 재차 물었다.

"그렇습니다."

"새로 선택된 처형관이 아니란 말이지?"

"예!"

그들의 말로 짐작하면 이곳은 심판관이나 처형관만 들어오는 곳 같았다.

"으음!"

알프레드의 주변으로 사내들이 더욱 바짝 다가왔다. 그러나 맥슨은 보이지 않았다.

"없애라!"

단 한 마디였다.

"알겠습니다."

침입자라면 누구인지, 어떻게 왔는지 정체부터 알아봐야 할 텐데 이곳에서는 그런 절차가 아예 없나 보다.

"저한테는 기회를 안 주십니까?"

"그런 것은 없다."

"나는 맥슨의 아버지입니다."

알프레드가 매달렸다.

"맥슨이 누군데?"

심판관이 신경도 쓰지 않았다.

"오늘 심판대에 있던 처형관입니다."

"우리 중에 맥슨이라는 이름이 있나?"

목소리에서 장난기가 묻어났다.

"후후후."

사내들은 낮은 소리로 웃음을 터뜨렸다.

"왜 웃죠?"

알프레드가 당황했다.

"우리는 이름이 없다."

"그렇다면?"

"번호를 부르지."

심판관은 귀찮은지 인상을 쓰며 손을 흔들었다.

"어서 놈을 없애!"

"가자!"

"갈 필요 없어."

다른 사내가 앞으로 나서며 기다란 청동 병을 주었다. '퍼니쉬 바틀'이라는 영혼을 잡아 가는 기구였다.

"다른 처형관은 그만 나가고 자네도 얼른 놈을 처리하고 쉬도록 하게."

"예!"

알프레드를 잡은 사내가 병의 입구를 열었다.

"안 돼!"

사내는 이를 악물고 버티는 알프레드를 잡아 병 속으로 집어넣으려고 했다.

"멈춰!"

내가 소리를 지르며 처형관의 팔목을 잡아당겼지만 헛수고였다. 힘은 둘째 치고 영혼과 사람은 겹칠 수가 없는 입장이었다.

"소리친 게 누구냐?"

"접니다."

알프레드가 나를 지키기 위해 그 와중에서도 둘러댔다.

"세상에서 살면서 거짓말만 늘었군."

"……?"

나는 뒤에서 들려온 익숙한 목소리에 고개를 돌렸다. 하지만 목소리의 정체를 알 수는 없었다. 심판관의 옆에는 언제 나타났는지 얼굴을 붕대로 친친 감은 남자가 서 있었다.

"대리인이시여!"

모든 사내들이 무릎을 꿇고 붕대를 감은 남자에게 예를 갖추었다.

"일어나라."

대리인의 지시가 떨어지자 사내들은 일제히 일어나서 뒤로 물러났다.

"맥슨은 부모가 없지. 그리고 자네 곁에는 꼬마가 하나 따라다닐 텐데 마법으로 몸을 감추고 있군. 조금 전에 소리친 것도 그 꼬마 아닌가?"

"그… 사실을 어떻게……?"

알프레드는 대린인이란 사내가 사실을 꿰뚫고 있자 깜짝 놀랐다.

"윌리암! 이리로 나오거라!"

내 이름을 부르는 걸 듣는 순간 나는 그 자리에 주저앉고 말았다.

스르르르!

너무 놀라서인지 마법이 저절로 풀리며 내 정체가 드러났다.

"알프레드, 너무 놀랄 거 없네."

대리인은 붕대 사이로 비치는 횅한 눈동자로 덤덤하게 나와 알프레드를 바라보았다.

"아, 이슈빌님!"

"이제야 알아보는군."

나는 정신을 집중했다. 저승 세계로 오면서 아버지를 볼지도 모른다는 생각을 어느 정도 했었지만, 막상 만나고 보니 무엇부터 말해야 할지 몰랐다.

"아버지……."

"윌리암노 선상하구나."

"보고 싶었습니다."

알프레드가 이슈빌의 손을 잡았다.

"나도 그렇네."

"사실은 죽으면 세상 인연을 다 잊는다고 해서 속으로 걱정하고 있었습니다."

지금까지 한 번도 말하지 않던 사실이었다. 큰 스승은 혹시라도 내가 맥슨을 만났을 때 실망할까 봐 말을 하지 않은 것 같았다.

"살아서만큼은 아니지만 죽는다고 인연을 완전히 잊는 것은 아냐. 다만 조금 무심해지지. 이곳은 인연으로 사는 게 아니고 개인의 즐거움이 먼저인 곳이니까."

아버지가 알프레드의 상식을 바로잡아 주며 주위에 있던 사내들에게 손짓을 했다.

"모두 물러가라."

"예!"

아무도 아버지의 지시에 토를 달지 않았다. 알프레드의 처형을 명령했던 심판관도, 나머지 처형관들도 한마디 말도 없이 방에서 나갔다. 그때 다른 영혼들과는 다르게 방으로 들어오는 처형관이 있었다. 덩치가 커다란 맥슨이었다.

"맥슨!"

"윌리암!"

"잘 지냈느냐?"

"큰 스승… 아니, 아버지!"

맥슨의 어깨를 두들기던 알프레드가 쑥스러운지 어색한 미소를 머금고 아버지를 바라보았다.

"언제 큰 스승이 아버지가 됐지?"

붕대 위의 눈이 슬쩍 올라갔다.

"하하하, 이놈이 죽을 때가 돼서야 철이 들더군요."

알프레드가 맥슨의 어깨를 더욱 힘껏 움켜잡았다.

"맥슨, 어째서 나한테 말하지 않았느냐?"

"바깥 세상에서 만든 일이라 말해도 소용없으니까요."

맥슨은 덤덤했다.

"저는 거짓말을 하지 않습니다."

알프레드가 미소를 지었다.

"한 가지는 그렇지."

아버지가 나를 바라보았다.

"선의의 거짓말은 거짓말이 아니죠."

분위기는 완전히 반전되어 있었다. 저승 세계에서 다시 만난 샤론
의 용사들이다. 이보다 귀하고 기쁜 시간이 없을 것이다.

"알프레드, 여전하군."

"감사합니다."

"하하하."

아버지가 큰 소리로 웃었다. 하지만 나의 마음은 자꾸만 무거워졌다.

"아버지."

나는 아버지가 붕대를 감싼 이유를 알 수 있었다.

"헤라트를 용사하지 않을 겁니다."

"윌리암?"

"그놈이 아버지의 머리를 없애 버린 것처럼 저도 똑같이 갚을 겁니다!"

슬픔이 복받쳐 올라왔다.

"그리고 또 한 명……."

엄마라는 단어가 차마 입 밖으로 나오지 않았다.

"윌리암……."

아버지는 내가 기특한가 보다. 살아서 보았던 철없는 장난꾸러기 아들이기에 더욱 그럴 것이다. 다른 말은 하지 못하고 내 이름만 부르고 있었다.

"언제부터 존댓말을 배운 거지?"

그것을 물어보려고 이렇게 심각하게 나를 부르다니, 예상외였다.

"하하하, 예절을 배웠죠."

알프레드는 내가 예절을 배우게 된 동기를 말해 주었다.

"재미있군."

"더 재미있는 것은, 윌리암에게 좋아하는 여자 친구가 생겼다는 겁니다."

"정말인가?"

"도로시라는 아이인데……."

아버지와 알프레드는 낄낄거리며 재회를 만끽하고 있었다.

"그 여자애가 예쁜가 보지?"

"예쁜 것보다는 그냥 귀엽죠."

알프레드가 내 눈치를 살피는 척했다.

"여자는 얼굴도 중요하지만 마음씨가 착해야지."

"착한 것은 말할 필요도 없습니다."

앞이 안 보이는 엄마를 위해 살던 도로시이다.

"장한 아이구나."

아버지는 도로시의 얘기를 들으며 감탄했다.

"우리 아들이 여자 보는 눈은 있네."

"물론입니다."

알프레드가 맞장구를 쳤다.

"윌리암, 그 여자애가 좋으냐?"

"……."

나는 대답하지 않았다.

"그냥 좋아하는 정도가 아닙니다."

"그래?"

알프레드는 나 대신 보탬없이 있는 그대로 다 말하였다. 덕분에 아버지는 드워프에게 받은 선물에 대해서도 저절로 알게 되었다.

"사랑보다 귀한 것은 없다."

"윌리암도 그것을 배운 거죠."

"우리 아들이 다 컸구나."

아버지는 흐뭇해했다.

"그런 것이 중요한 게 아니고……."

내가 나서서 현재 일어나고 있는 사태를 수습하려 했다.

"거기다가……."

"또 무슨 일이 있었는데?"

아버지와 알프레드는 나를 무시하고 다음 얘기에 정신을 팔았다.

"노예선에서……."

알프레드까지 여기 온 목적을 잊고 있는 듯했다.

"하하하, 내가 보지 못한 게 아쉽구나."

비록 영혼이지만 아버지는 예전처럼 밝게 웃었다. 그러나 내가 보기에는 정말 의미없는 모습이었다. 지금 맥슨의 영혼을 데리고 나가서 저주받은 샤론 족의 운명을 풀어주고 세상을 헤라트의 지배에서 해방시켜 자유와 평화를 찾아야 하는데, 그런 중요한 얘기는 하나도 없었다. 맥슨마저 아무 소리 하지 않았다. 하기야 덩치 큰 친구는 살아 있을 때도 심각한 것하고는 거리가 먼 인간이었다.

"하하하하."

"히히히히."

눈물까지 흘리며 웃을 수 있는 영혼은 지금까지의 경험으로 미루어보아 아버지와 알프레드밖에는 없을 것이다.

"이제 그만 하시죠."

나는 정중히 둘을 말렸다.

"우리에게 중요한 건……."

"윌리암, 알고 있다."

아버지가 내 말을 끊었다. 이제야 중요한 사안으로 들어가려는 듯했다.

"맥슨을 데리러 온 거지?"

"어떻게 아셨습니까?"

알프레드가 신기한 듯 아버지를 바라보았다.

"윌리암의 목에 걸려 있는 것은 라이브 스톤이 맞나?"

"그래요."

나는 목걸이를 아버지에게 보여주었다.

"라이브 스톤으로 우리 중에 살릴 수 있는 영혼은 육체가 지하 세계에 있는 알프레드와 맥슨인데 여기까지 온 것을 보면 답은 나온 거지."

"역시 아슈빌님입니다."

"그런데 어떻게 이 돌이 라이브 스톤인지 알았어요?"

아버지가 현명하고 머리 회전이 빠르다는 것이야 샤론 족이면 누구나 다 인정하는 사실이지만 한 번도 본 적이 없을 신의 물건을 알아보는 혜안은 놀라운 것이었다.

"알프레드는 영혼이니까 타르다로스에 온 것이 어쩌면 낭연한 서지만 살아 있는 윌리암에게는 쉬운 일이 아니지. 만일 네가 이곳까지 오려면 우선은 신께서 주신 신표가 있어야 가능할 것이다. 내 아들이 한 번도 보지 못하던 목걸이를 하고 있는 것하고, 내가 알고 있는 이 세상에 암갈색 빛을 내는 신의 신표라는 것을 유추해 보면 답은 라이브 스톤뿐이지."

붕대 속의 푸른 눈이 나를 향해 자상한 빛을 띠었다. 머리가 없는 아버지였기에 두 눈은 그저 붕대 위에 뻥 뚫려 있는 깊은 구멍에 불과했지만, 나는 아들에 대한 사랑이 깃든 따사로움을 느낄 수 있었다.

"그렇군요."

맥슨은 아버지의 다음 말을 기다렸다. 그는 아주 충직한 부하로서 절도있는 행동을 보여주고 있었다. 살아서도 안 하던 짓을 당연한 듯 하는 게 거만하기까지 했다.

"모든 사항을 종합해 보면 윌리암이 들어올 수 있는 곳은 하이드랜드에 위치한 드라코리치의 영역이란 걸 알 수 있지."

"우리가 죽을 때 윌리암은 드래곤 족의 땅으로 들어갔으니까요."

맥슨이 당연하다는 반응이다.

"그렇습니다."

알프레드는 아버지의 설명이 끝나자 그동안 있었던 일들을 설명했다. 그의 얘기는 윌리암이 도로시를 만나기 전인 그린 족의 마을에서 라이브 스톤을 얻은 연유부터였다.

"…사즈후튼가(家)에 그런 비밀이 있었구나."

"나중에 그 집안의 집사인 척스터란 놈에게 직접 들은 것이니 확실할 겁니다."

"그놈이 지고프라가의 유일한 생존자라니, 세상일은 정말 재미있군."

"후후후, 덕분에 사는 것이 심심하지는 않죠."

척스터 때문에 죽을 뻔한 얘기를 하면서 알프레드가 웃었다.

"헤라트의 부하라도 하우제터스 자작은 훌륭한 기사라고 알고 있는데, 집사가 배신자라니 안됐군."

아버지도 기사 아저씨에 대해서 들은 적이 있나 보다.

"언젠가는 밝혀지겠죠."

"내가 여기서 나가면 제일 먼저 할 일은 기사 아저씨를 만나서 그놈의 정체부터 알려주는 거야. 우리가 놈에게 당한 걸 생각하면 이가 갈린다."

나는 이렇게 말하면서 맥슨의 눈치를 살폈다. 하지만 덩치 큰 친구는 별로 감정이 보이지 않았다. 죽어서 이곳에 오면 세상에서 가졌던 인연은 별로 중요하지 않다는데, 맞는 말인 것 같았다. 그렇다면 지금 우리가 이렇게 재회의 기쁨을 나누는 것은 무엇 때문일까 하는 의문이 들었다.

"그런데 말입니다, 그곳에서 제일 재미있었던 일은……."

맥슨과 사만다의 사랑은 양념으로 알프레드가 빼먹지 않았다.

"정말?"

아버지는 믿을 수 없다는 표정이었다.

"레이디가 맥슨을 따라오려고 난리를 칠 정도로 대단했죠."

"하하하."

무엇이 재미있는지 아버지는 연신 웃어 젖혔다. 하지만 당사자인 맥슨은 아만다의 얘기를 들으면서도 무표정했다. 이후로 알프레드는 열두 신의 보물이 묻혀 있던 곳에서 신의 전령을 만난 이후 우여곡절 끝에 지하 세계를 지나 여기까지 오게 된 사연을 말하였다. 활짝 웃던 아버지가 신들의 보물에 대한 얘기를 들으면서 처음으로 심각한 표정을 지었다.

"윌리암이 보물의 주인이 아니란 말이지?"

"그렇습니다."

덩달아 풀이 죽은 알프레드가 리쿠스 신의 예언이 담겨 있던 '대지의 뜨거운 물'에 대해서도 정확하게 전해주었다.

"후후후, 그것도 모르고 괜히 고민하고 살았었군."

자조 섞인 웃음이었다.

"존재한다는 사실만이라도 확인했으니 덜 억울하죠."

"그렇긴 하네. 후후후."

아버지와 알프레드의 사이로 맥슨이 들어왔다.

"큰 스승님은 어떻게 된 거죠?"

알프레드를 한참 동안 보고 있던 맥슨이 궁금증을 털어놓았다.

"뭘 말이냐?"

"파이로텐 벌판에서 죽은 이후 정신을 차려보니 여기더라고요. 그런데 큰 스승님의 영혼이 보이지 않아 얼마나 걱정했는지 몰라요. 그냥 세상에 원한이 많이 남아서 고스트가 됐나 보다 했어요."

그 마음을 충분히 알고도 남았다. 지하 세계에서 보았던 광경을 잊을 수가 없다. 감정이라고는 전혀 없는 육체인데도 알프레드를 보살피는 맥슨이었다.

"저기에 갇혀 있었다."

알프레드가 내 손에 쥐어져 있는 '헤데지바의 거울'을 가리켰다.

"그렇군요."

마법의 거울을 알고 있던 맥슨이 쉽게 이해했다. 같이 얘기를 듣던 아버지도 고개를 끄덕이며 수긍하는 모습이었다.

"좋아, 맥슨을 데려가라!"

"가라고요?"

아버지의 허락의 말에 맥슨이 놀란 표정이다.

"얼마나 좋은 일이냐."

아버지가 너무 쉽게 대답하자 맥슨은 황당한 얼굴로 나를 바라보았다.

"윌리암, 나를 데리고 가서 다시 살리겠단 말이야?"

"그래."

"나는 사양할래."

"사양한다고?"

맥슨이 아버지를 존경하는 마음이야 알고 있었지만 숨도 돌리지 않고 냉정하게 거절을 하자 괜히 서글퍼졌다.

"맥슨."

"네, 아슈빌님."

아버지가 맥슨의 어깨를 툭 치자 마지 못한 듯 맥슨이 대답했다.

"윌리암과 알프레드의 뜻을 그렇게도 모르겠냐?"

"저는 이곳에서 많은 걸 알았습니다. 헤라트가 아무리 대단하다고 해도 죽으면 여기에서 벗어날 수 없습니다. 심판은 그때 해도 늦지 않습니다."

"죽더니 세상을 통달했구나."

알프레드는 맥슨을 바라보며 턱을 쓰다듬었다. 단순하고 우직한 성격의 맥슨은 마음을 한 번 정하면 되돌리기가 무척이나 힘들었다.

"맥슨, 다시 생각해 보아라."

아버지가 심각해졌다.

"생각이고 뭐고 싫습니다. 저는 여기서 아슈빌님을 모시고 영원히 있을 겁니다."

"네가 다시 살아서 세상에 나간다 해도 그 시간이 얼마나 되겠냐?

신께서 주신 생명을 다 지새고 죽는다고 해도 우리가 이곳에서 누릴 시간에 비하면 말할 가치도 없는 너무도 짧은 시간이다."

알프레드가 맥슨을 달래기 시작했다.

"아무리 짧은 시간이라도 여기서 나가기는 싫습니다."

"저 곰탱이는 죽어서도 여전해."

나는 화가 치밀었다.

"윌리암, 가만있거라."

알프레드가 나를 달랬다.

"우리가 여기까지 어떻게 왔는데⋯⋯."

그 고생을 하면서 여기까지 온 게 누구 때문인데 고집 부릴 걸 부려야지, 밖에 세상에서도 할 일이 얼마나 많은데 자기밖에 모르는 소리를 하고 있는지 이해가 되지 않았다.

"맥슨, 내 말을 잘 들어라."

아버지가 뒷짐을 지고 등을 돌렸다. 이곳에서 만나 웃고 떠들던 모습은 이미 사라지고 없었다. 드디어 본격적인 얘기로 들어가려는 듯했다.

샤론의 용사로서 해야 될 일이 얼마나 많은지는 군이 강조하지 않아도 아는 일이었다. 맥슨의 말대로 사람은 누구나 죽는다. 헤라트도 죽을 것이고 타르타로스에 올 것이다. 그럼 온갖 악으로 세상을 지배했던 헤라트는 영혼이 갈리는 중벌을 받을 것이다.

하지만 헤라트가 죽을 때까지 세상 밖에서 고통받을 사람들을 생각한다면 비록 짧은 세월이라도 기다릴 수는 없었다. 더군다나 샤론 족은 저주까지 받은 상태이다. 그 자손들은 헤라트가 죽더라도 아쿠아소룸 대륙의 사냥감으로 평생을 살아야 한다.

# PART IX
# 부활

(1)

 나는 할 말을 잃었다. 아버지가 알고 있는 중요한 상황이란 게 맥슨의 결혼이라니 뭐라고 얘기를 해야 할지 정말 난감했다. 아무리 내가 맥슨을 좋아하고 끔찍이 여긴다고 해도 여기까지 고생고생하며 찾아온 노력을 너무 낮게 평가해 주고 있었다.
 "어떠냐?"
 아버지가 맥슨을 달랜다고 꺼낸 말이 황당하다 못해 너무 슬펐다.
 "하지만······."
 "여자를 기다리게 하는 것은 남자의 도리가 아니다."
 샤론 족의 위대한 전사였던 아버지가 심각하게 꺼낸 얘기는 맥슨의 사랑이었다.
 "저는 이제 그런 감정을 잘 못 느낍니다. 이슈빌님에 대한 충성밖에는 남은 게 없습니다."

"살아서 밖의 세상에 나가면 달라질 거다."

"아무튼 저는 바깥으로 나가지 않습니다."

"맥슨, 이리로 와봐라."

아버지가 맥슨을 데리고 구석으로 갔다.

"둘이서 뭐 하는 거야?"

나와 알프레드는 진지하게 둘만의 대화를 나누고 있는 모습을 바라만 보았다. 다만 큰 스승과 내가 다른 거라면 나는 입술을 물고 인내하고 있는 반면, 알프레드는 웃음을 머금고 즐기고 있다는 것이었다.

"알프레드는 뭐가 그렇게 좋아?"

큰 스승에게 바짝 붙어 작은 소리로 물었다.

"아슈빌님을 보니까 반가워서."

"나도 그래. 하지만 저런 꼴을 보려고 여기까지 온 건 아니잖아?"

내가 목멘 소리를 했다.

"쉬잇! 듣겠다, 조용히 해라."

알프레드가 손가락 하나를 펴서 입으로 가져갔다.

"더 이상은 참을 수 없어."

나는 진지하게 대화를 나누는 아버지와 맥슨을 쳐다보았다.

"윌리암."

"말릴 생각 하지 마."

"나도 그러고 싶지는 않다. 다만 아슈빌님을 잘 봐라."

"보긴 뭘 봐."

내가 퉁퉁거렸다.

"다시 찾으셨어."

알프레드는 밝은 시선으로 아버지를 쳐다보았다. 그 모습이 너무 깨끗하게 보여서 나도 모르게 알프레드와 눈길을 같이했다. 아버지는 여전히 고개를 흔들고 있는 맥슨을 거의 명령조로 달래고 있었다.

"아슈빌님의 원래 모습 말야."

"언제 때 원래 모습을 말하는 거야?"

"사비나님이 헤라트에게 투항하기 전에는 저토록 재미있었지. 전쟁 중에 아무리 심각한 일이 생겨도 전혀 동요하지 않고 부하들에게 웃음을 주던 분이었어."

나는 아버지를 보며 알프레드의 말을 되새겨 보았다. 엄마를 잃고서 무너져 가던 아버지를 나 역시 얼마나 걱정했는지 모른다.

"헤라트에게 잡히는 순간까지 항상 마음에 두고 있었는데 죽어서라도 원래 모습으로 돌아온 걸 보니 너무 기쁠 뿐이다."

"맞아, 그건 정말 다행인 것 같아."

인정 안 할 수가 없었다. 이제야 알프레드가 아버지와 재회를 하면서 쓸데없는 얘기로 일관하며 웃기만 했던 이유를 알 것 같았다. 그는 예전의 모습을 되찾은 아버지와 정말 반가운 만남을 가졌던 것이다.

"아슈빌님이 맥슨과 저런 시시한 얘기를 나눈다고 해도 마음은 너와 같을 거야."

"정말 그럴까?"

알프레드가 고개를 끄덕였다.

"알프레드."

아버지가 큰 스승을 불렀다.

"어떻게 됐습니까?"

"맥슨이 바깥 세상에 나가기로 했네."

"잘됐군요."

"윌리암은 기쁘지 않으냐?"

나는 얼굴을 펴지 않고 있었다.

"그저 그래요."

알프레드의 말대로 아버지가 원래 성격을 되찾은 거야 자식으로서 더없이 기쁜 일이지만 맥슨의 태도에는 여전히 불만이 많았다.

"윌리암."

아버지가 인자한 웃음으로 나를 불렀다.

"왜 그래요?"

"맥슨을 이해하거라."

"아무리 좋게 생각해도 이해 못하겠어요."

나는 맥슨을 노려보았다.

"맥슨은 영혼이야."

"여기 그걸 모르는 사람이 어디 있어요?"

"그러니까 친구가 이해를 해야지."

"윌리암, 영혼은 세상에서 가졌던 인연 따위는 잊고 산다. 가족이나 친구도, 사랑했던 사람도 모두 별개로 생각하지."

알프레드가 부연 설명을 했다.

"조금 전에 만났던 코로키에게 들어서 나도 알아."

나는 심판대로 가면서 만났던 백발의 영혼을 떠올렸다.

"그런데도 이해를 못한단 말야?"

"못해요."

나는 강하게 부정했다.

"왜?"

"지금 우리를 보면 그런 말이 이해가 가요?"

"우리가 어때서?"

아버지가 반문했다.

"얼마나 반갑게 재회를 하고 있어요."

"그래서?"

내가 말하는 의도를 모르나 보다.

"만일 여기 말대로 영혼들이 바깥 세상에서 가졌던 인연에서 벗어났다면 있을 수 없는 일 아닌가요?"

아버지가 고개를 끄덕거리며 미소를 지었다.

"우리가 너와 알프레드를 만나서 반가운 것은 아는 얼굴을 영혼으로 다시 만났기 때문이지 더 이상은 없다."

"그래서 맥슨이 헤라트도 여기서 기다리면 된다고 했군요."

"맞아. 세상일을 아주 지워 버리는 것은 아니지만 목숨 걸 만큼 중요하지는 않지."

"후후후, 한 번 죽어 영혼이 된 분이 목숨 얘기 하니까 우습네요."

"심판대에서 보지 못했어?"

"봤습니다. 영혼도 죽는다는 것을 똑바로 알았죠."

알프레드는 아버지의 설명을 들으면서 약간은 실망한 표정이었다.

"그런데 저는 왜 죽었는데도 그렇게 안 되죠?"

"이곳으로 오지 않고 저 거울에 갇힌 영혼이라 그럴 거야."

"죽어서도 편치 못한 영혼이군요."

알프레드가 나를 쳐다보았다.

"그래도 사람을 괴롭히면서 원혼을 풀려고 하는 고스트보다야 낫지. 월리암과 다니면서 직접 해결할 수 있으니까."

남의 말 하듯이 한다.

"그 원혼이 누구 때문에 생긴 건지는 아시죠?"

"물론이지."

아버지가 잠시 세월을 음미하는 듯했다.

"나는 그래도 이해하지 못해요."

"이번에는 무엇 때문에?"

"그렇다면 아버지는 어째서 맥슨에게 바깥 세상으로 나가라고 하는 거죠?"

나는 물러서지 않았다. 맥슨이 따라가기로 한 이상 그냥 넘어가도 될 텐데 용서가 되지 않았다. 할 수 없이 억지로 끌려 나가는 모습은 보기도 싫었다.

"영혼도 영혼 나름이지."

"이곳은 평등한 곳으로 아는데 계급이 있단 말이에요?"

"하기야 심판관이나 처형관이 있는 것을 봐서는 계급이 전혀 없다고는 볼 수 없지. 거기다가 그들은 이슈빌님을 대리인이라고 했으니까."

알프레드는 이슈빌에게 대답을 구하는 것 같았다.

"그건 맞네."

"영혼마다 어떻게 다른데요?"

"나는 죽어서 여기로 바로 오지 않았다. 목이 잘려서 벌판에 버려진 내 육체를 떠나면서 울고 또 울었지. 천상 고스트가 될 수밖에 없는 엉혼이었어. 하지만……."

아버지의 영혼을 거둔 것은 죽음의 신인 데드라우트였다. 신은 아버지의 능력을 알고 있었다. 샤론의 위대한 용사이며 리더였던 아버지에게 신이 내린 직책은 대리인이었다. 죽음의 신을 대신해서 타르타로스를 맡는 3명의 대리인 중에 한 명으로 선택된 것이다.

"…그리고 배 삯이 없어서 스틱스 강가를 헤매던 맥슨은 내가 데려오고."

"맥슨은 원한이 없나 보네, 고스트가 되지 않은 걸 보면?"

계속해서 퉁퉁대는 나에게 알프레드가 슬쩍 눈짓을 했다.

"단순하잖아. 너를 하이드랜드에 데리고 간 것만으로도 만족했을 거다."

나를 달래려고 그런 건지, 맥슨을 힐책하려고 꺼낸 말인지 분간이 가지는 않았지만 덩치 큰 친구를 너무 잘 알고 있었기에 쉽게 수긍이 갔다.

"맥슨이라면 정말 그럴 수도 있겠다."

"하하하."

알프레드의 얘기를 들으며 아버지는 크게 웃었지만 막상 당사자인 맥슨은 눈만 멀뚱거렸다. 아무래도 세상일과는 전부 인연을 끊은 것이 맞는 것 같았다. 그런데도 아버지의 한마디에 나를 따라간다고 했으니 따지고 보면 대단한 일이었다.

"죽음의 신을 만난 것은 아슈빌님하고 맥슨에게는 다행스런 일이었군요."

"꼭 그렇지도 않아."

"어째서요?"

맥슨에 대한 배신감은 호기심으로 바뀌고 있었다.

"레벨이 높은 영혼일수록 세상 밖의 인연들을 잊지 못한다."

아버지의 음성이 우울해졌다.

"밖을 봐라."

나와 알프레드는 하얀 벽에 조그맣게 뚫린 창으로 다가갔다.

"저기 밖에서 밝은 빛과 공기를 즐기며 사는 영혼들은 고통을 모른다. 인연으로 인한 아픔이나 슬픔도 느끼지 못한다. 오로지 이곳에서 가질 수 있는 만큼의 행복만을 누리며 평생을 지내지. 나한테는 너무 부러운 모습이다."

"그렇다면 아슈빌님은 어느 정도 느끼고 계십니까?"

"전부!"

"아하!"

알프레드가 안타까운 표정을 지었다. 그는 아버지가 이곳에서나마 세상에서 짊어져야 했던 아픈 기억들을 잊고 살기를 바랐을 것이다.

"헤라트에게 가지고 있던 증오나 분노도 살아 있을 때처럼 나는 똑같이 느끼고 있어. 하지만 맥슨은 아냐. 만일 맥슨도 처형관이 아닌 일반적인 영혼이었다면 윌리암이나 자네를 아예 잊어버렸을지도 모르네. 설령 알아본다고 해도 이런 얘기는 나누지 못했을 거야."

"그래도 지하 세계에서는 그렇지 않던데요."

내가 퉁퉁거리며 알프레드의 육체를 지키던 맥슨을 말해 주었다.

"하기야 여기서 나를 특별히 따르는 것도 이상하다면 이상하지."

"아무튼 저놈의 의리 하나는 알아줘야 한다니까."

알프레드는 맥슨을 기분 좋게 바라보았다.

"특이한 예를 빼놓고는 레벨에 따라 보통 그렇지."

"레벨이 높다는 게 좋은 것만은 아니군요."

"바깥 세상 같으면 못 차지해서 안달할 만한 자리지만 별 볼일 없지. 어쩌면 내가 짊어지고 갈 또 다른 벌일지도 모르지."

아버지는 벌이라는 말을 강조했다. 왜 그런 생각을 하는지는 모르

겠지만 자신 때문에 샤론 족이 당해야 했던 저주를 마음에 두고 있는
듯했다.

"특권 아닌 특권인 셈이군요."

"한 번도 특권이라고 여겨본 적이 없네."

알프레드가 고개를 끄덕거렸다.

"윌리암, 네가 이해해야겠다."

나는 맥슨을 쳐다보았다. 삶과 죽음 중에 어느 것이 행복한 것일까
생각해 보았다.

"아무튼 헤라트가 알면 기가 막힐 일이군요."

"그렇겠지. 신의 존재를 부정하는 인간이니까."

"놈도 죽으면 이리로 오겠죠?"

"으음!"

아버지는 아무런 말도 하지 않았다.

"타르타로스에 계급이 있는 특별한 이유라도 있습니까?"

"여기서는 누가 누구를 지배하진 못해. 우리는 다만 영혼들을 처형
하기 위해서 존재할 뿐이야."

"그렇겠군요. 살면서 온갖 나쁜 짓을 다 한 놈들이 여기 왔다고 용
서가 된다면 그놈들에게 죽은 사람은 너무 억울하죠. 하지만 죄지은
영혼을 처형한다고 무슨 소용이 있죠? 별로 고통스럽게 보이지도 않
던데요."

"아니, 삶과 죽음을 통틀어 세상에서 가장 큰 벌을 받지."

"무슨 벌인데요?"

"다시 태어나는 거야."

"생명을 받는다는 말씀이에요?"

"그래."

"아니, 그게 무슨 벌이야?"

가라앉았던 흥분이 다시 올라왔다. 만일 헤라트가 죽어서 여기 온다고 해도 다시 세상에 태어난다면 아무 소용도 없을 것이다.

"굉장한 벌일 수도 있다."

알프레드는 얼굴이 벌겋게 상기된 나를 이해시키려 했다.

"세상의 악(惡)을 있는 힘껏 제거했는데 다시 숨을 쉬게 만든다면 우리 노력이 수포로 돌아가는 거지. 얼마나 많은 목숨이 그놈 때문에 죽었는데… 말도 안 되는 소리야!"

"흥분하지 말고 내 말을 잘 들어봐."

"듣고 말고 할 게 어디 있어?"

"헤라트가 다시 바깥 세상으로 나간다고 해도 무엇으로 태어날지는 모르는 일이지. 그건 생명의 신인 라이토푸스님만 아는 거지."

나는 잠시 주춤했다.

"사람이 아닐 수도 있다는 말이야?"

"헤라트 정도면 평생 목숨을 구걸하며 도망 다녀야 하는 이름 모를 벌레 정도로 태어날 수도 있지. 그것도 몇 번이고 되풀이해서 말이다."

아버지의 설명까지 듣고는 화가 완전히 빠져나갔다.

"중요한 것은 헤라트가 이곳에 안 올 수도 있다는 거다."

"예?"

산 넘어 산이었다. 아마 두세 번에 걸쳐 흥분했던 덕에 내 얼굴은 엉망이 돼 있을 것이다. 처음부터 결론을 말하던지 하지… 빙빙 돌려 결국은 사람을 또 열받게 하고 있었다.

"헤라트가 여기에 안 올 수 있는 방법은 죽지 않는 건데 방법이 있습니까?"

"신의 능력을 받은 놈이니까 가능할 수도 있지."

"마법으로 생명을 늘린다는 말씀이군요."

"놈이 하이드랜드를 공격해서 신들의 보물을 얻으려고 하는 것은 그중에 언데드를 만들어준다는 인모셜하트(Immortal-heart) 때문일 거야."

"그 보물이 정말 있단 말입니까?"

알프레드가 무척이나 놀랐다.

"나도 들어서야 알았지."

"큰일이군요. 밖에서는 이미 드래곤 족에서 수상한 조짐이 보이던데요."

알프레드는 내가 정체 불명의 사내들에게 죽을 뻔했던 얘기를 꺼냈다.

"으음."

아버지가 신음 소리를 냈다.

"만일 그 보물 중에 인모셜하트가 정말 존재한다면 헤라트가 취할 수 있는 방법은 두 가지군요. 그중에 하나가……."

나를 쳐다보는 알프레드의 눈이 심상치 않았다.

"월리암을 없애는 것이군."

아버지도 나를 걱정스럽게 쳐다보았다.

"그래서 얻는 게 뭔데?"

"자신의 최고의 적을 제거하는 거지."

"내가 헤라트 최고의 적이란 말이야?"

우스웠다. 이제 겨우 열다섯인 내가 헤라트 최고의 적이라서 죽이려고 하다니. 사람들이 알면 배를 잡고 쓰러질 일이다. 지혜의 샘이라고 하지만 별 볼일 없는 죽은 영혼과 난쟁이들의 거울 하나가 전부인 나를 세상의 지배자인 마법사가 제일 두려워한다는 것은 얼른 이해하지 못할 사건이었다.

"놈이 철갑단까지 보냈을 때 알아봤어야 하는 건데… 그저 단순하게 생각했어."

알프레드는 진지했다.

"드라코리치와 신전을 지키던 전령의 말을 종합해 보면 보물을 차지할 수 있는 사람은 딱 한 사람이다. 바로 신들이 정해준 보물의 주인이지. 만일 다른 사람이 그 보물에 손을 댄다면 리쿠스 신이 남긴 대지의 뜨거운 물이 넘쳐 그를 녹여 버린다고 했지."

"그 물로 심판을 내리는 것은 예언에 나오는 현자일 테지."

"보물을 차지할 수 있는 방법은 헤라트가 정말 주인을 찾든지, 아니면 심판을 내릴 현자를 미리 없애는 거지."

"아무리 그래도 신의 전령이 지키고 있어 쉽지는 않을 텐데요."

"전령 정도는 신경도 안 쓰겠지. 헤라트도 따지고 보면 신의 후계자니까."

정체 불명의 사내들이 나를 죽이려 했던 이유가 대충 이해되고 있었다. 헤라트는 아버지를 잡아 처형할 때부터 신이 말한 현자를 나로 보고 있었다. 그가 정확한 예언의 실체를 알지 못하더라도, 보물을 차지하더라도 '대지의 뜨거운 물'을 일으킬 현자를 없애려 할 것이다.

"얘기를 들어보니까 드래곤 족과 헤라트가 손을 잡으려는 듯하구나."

아버지가 더욱 걱정을 했다. 삼촌들이 나라를 빼앗길까 봐 나를 죽이려고 했다는 것은 솔직히 억지에 가까웠다.

"세상에 나가서 제일 먼저 해야 할 일은 보물의 주인을 찾는 것이네."

나는 이제야 조금씩 앞일에 대한 절차를 보고 있었다. 며칠 전만 해도 죽지 못해 살아 있던 힘없는 작은 아이는 이미 사라지고 없었다.

"리쿠스 신의 예언도 함께 찾아야 한다."

"중요한 것은 어떡하든 헤라트를 죽여서 이곳으로 보내야 한다는 거야."

"물론입니다."

우리는 서로를 쳐다보았다.

"윌리암, 너를 믿는다."

"아버지, 걱정 마세요."

"저와 맥슨도 최선을 다할 겁니다."

아버지는 알프레드의 손을 꼭 잡았다. 나하고는 겹칠 수 없는 다른 세계의 운명이었지만 붕대 속에서 뻗어 나오는 눈빛을 통해 모든 것을 알 수 있었다.

"그런데……."

알프레드가 잠시 머뭇거렸다.

"왜 그러지?"

"아시는 일이겠지만 맥슨은 헤라트의 저주로 힘이 사라졌습니다. 다시 태어나도 그 저주가 통한다면 미리 준비를 해야 안전할 것 같아서요."

알프레드는 아버지를 바라보며 자신의 이마를 만졌다.

"윌리암도 이마에 붉은 닻이 있구나."

"저는 이렇게 하면 사라져요."

나는 이마를 비볐다.

"바깥 세상에서 얻은 것은 신이 내린 저주라 해도 이곳에선 없어지네. 이곳은 별도의 세상이야. 그런 것들이 통할 리 없지."

"다행이군요."

근심스러웠던 알프레드의 얼굴이 펴졌다.

"맥슨, 친구를 따라 이제 떠나라."

"아슈빌님, 그럼 다녀오겠습니다."

"후후후."

아버지가 우스운가 보다.

"죽기 전에는 오지 마라."

"알겠습니다."

가뜩이나 멍청하다고 놀리던 맥슨은 정말 얼이 빠진 사람 같았다. 나와 알프레드를 만났을 때 보였던 환한 기쁨은 아버지 말대로 아는 사람을 이곳에서 보았다는 즐거움 정도였던 것 같았다.

"나가면서는 더욱 조심해야 한다."

알프레드가 떠나기 전 주의를 주었다. 그는 타르타로스에 오면서도 나가는 길을 많이 걱정했다. 혼자서만 끙끙거리는 모습은 변하지 않는 성격이었다. 맥슨이 본다고 하면 또 뭐라고 그럴 것이다.

"맥슨, 다시 만나서 너무 기쁘다."

나는 맥슨에게 다가갔다. 다시는 만나지 못할 것 같았던 친구의 숨 쉬는 모습을 볼 수 있다니 가슴이 일렁거릴 정도로 감격스러웠다. 더군다나 같이 동행한다는 것은 아버지의 뜻을 받아 세상에 자유와 평화를 세우려는 나에게는 어떠한 힘보다도 커다란 것이었다.

"아슈빌님의 지시니까 당연히 해야지."

"오죽하겠냐."

눈을 흘겼다. 아무리 이해를 한다고 해도 목숨을 걸고 자기가 지켜 주었던 친구보다도 허구한 날 전쟁터로 몰아내던 상관의 말을 따르다니, 그런 모습이 밉게만 보였다.

"저희는 이만 가보겠습니다."

"조심들 하게."

아버지가 우리를 격려해 주었다.

"아슈빌님!"

"윌리암을 부탁하네."

"걱정하지 마십시오. 윌리암도 샤론의 용사입니다."

알프레드는 아버지의 걱정스런 표정을 덜어주기 위해 힘주어 말했다.

"아버지."

알지 못할 감정이 복받쳐 올라왔다. 만남의 기쁨이 있다면 헤어짐의 아쉬움도 있는 거지만 전처럼 슬픔은 없었다. 바깥 세상에서 착하게만 산다면 죽더라도 다시 만날 수 있다는 것을 알았기 때문이다. 하지만 답답한 마음은 풀리지 않았다. 엄마에게 죽임을 당한 아버지의 마음을 차마 물어보지 못했다.

알프레드는 아버지가 원했을지도 모른다고 했지만 그 사실을 당사자인 아버지에게 직접 물어본다는 것은 마음이 아픈 일이었다. 만일 아버지에게 진실을 들어 안다고 해도 엄마를 만나서 똑같은 문제를 물어봐야 할 것이다. 이별을 앞두고 이런저런 생각에 마음이 착잡해

질 때쯤 맥슨이 입을 뗐다.

"아슈빌님의 지시를 꼭 이루고 오겠습니다."

맥슨의 의지가 대단해 보였다.

"후후후, 당연히 그래야지."

아버지는 흐뭇하게 웃었다.

"정말 이해를 못하겠어요."

씹어 죽여도 시원치 않을 원수인 헤라트라도 죽어서 이곳에 왔을 때 처벌하면 된다고 하던 맥슨이었다. 거기다가 아버지의 사랑 타령에도 버팅겼는데 너무 쉽게 나를 따라나선다니 다른 이유가 있을 것만 같았다.

"너무 신경 쓰지 마라. 세상에 나가면 그곳에 맞는 맥슨으로 바뀔 것이다."

아버지까지 이렇게 말하니 더욱 이상했다.

"맥슨, 너는 무엇 때문에 나를 따라나서지?"

"결혼하려고."

"뭐, 뭐야?!"

어이가 없었다.

"하하하하."

알프레드는 아버지를 보며 웃어 젖혔다.

"역시 아슈빌님입니다."

"방법이 없지 않은가?"

"예전 모습 그대로입니다."

배를 잡고 웃어대던 알프레드가 눈물을 닦아냈다. 그는 맥슨의 말보다는 덩치 큰 부하를 달랜 아버지의 재치가 더욱 기쁜가 보다.

"결혼을 하겠다고?"

"남자라면 그래야지."

"누구랑?"

"아만다하고 해야지."

"세상 인연에는 관심이 없다고 하더니 꼭 그런 건 아닌가 보네?"

"죄짓기 싫어서 하는 거야."

여전히 무뚝뚝한 표정이었다.

"죄라니?"

이번에는 아버지를 바라보았다.

"여자를 기다리게 하는 것은 남자가 할 도리가 아니다."

"정말 오랜만에 들어보는 신조인데요."

알프레드도 아버지의 신조를 읊으며 감격하고 있었다.

"도리가 아닌 짓을 하는 것은 죄를 짓는 거고."

"죄를 지으면 이곳에서 처벌을 받아야죠."

맥슨은 나를 따라나설 수밖에 없었다. 죄를 짓고 처벌을 받으면 아버지 곁에 있을 수 없으니까 어쩔 수 없는 선택이었다.

"윌리암, 아무려면 어떠냐."

"……."

"맥슨만 있으면 되는 거지."

"그래, 내가 참는다."

우리는 시끄럽던 재회를 수습하며 각자의 길을 떠날 준비를 했다.

"이곳을 나가려면 케르베로스를 조심해야 하네. 내가 비록 이곳에서 대리인으로 있지만 영혼의 출입에 관여할 수는 없어."

아버지는 머리 세 개 달린 파수꾼을 주의시켰다.

"너무 걱정하지 마세요. 제게 방법이 있습니다."

들어올 때도 알프레드가 재치로 잘 넘겼던 것이다.

"그래, 자네라면 믿을 수 있지."

"아직도 그렇게 생각해 주시니 감사합니다."

알프레드가 팔을 가슴으로 올리며 허리를 숙였다.

"하하하, 다음에 보자!"

아버지는 웃음을 남기고 사라졌다.

"우리도 가자."

알프레드를 선두로 하얀 집을 나섰다.

"이제부터 시작이야."

밝은 모습의 수많은 영혼들이 우리 주변을 스치고 지나갔지만 나는 솟아오르는 의욕을 억제하기 위해 입술을 깨무는 데 신경을 모았다.

(2)

　타르타로스의 입구인 '아케론 문'으로 가는 동안 별다른 일은 없었다. 들어올 때와 다른 거라면 몸을 감추지 않았다는 것이다. 그래도 별로 큰일은 없었다. 영혼들은 살아 있는 사람의 존재를 신경 쓰지 않는 듯했다.

　"윌리암, 이제 몸을 감추어라."

　"벌써 도착했어?"

　이런저런 생각에 잠겨 걸어가던 나는 알프레드의 지시를 들으며 주변을 살펴보았다. 얼마 멀지 않은 곳에 청동 문이 덩그러니 서 있었다. 그 문 앞에는 머리가 세 개 달린 케르베로스가 있을 것이다.

　"모두 조심해라."

　알프레드는 나와 맥슨에게 주의를 주었다.

　"내가 처리힐 테니 만일 무슨 일이 있으면 도망쳐야 한다."

"알았어."

나는 마법으로 몸을 지우며 알프레드의 뒤를 쫓았다. 맥슨이 멍한 표정으로 내 곁에서 무거운 발걸음을 옮겼다.

"크르르르!"

두 명의 영혼이 나오는 것을 발견한 케르베로스는 소리를 냈다. 그러나 3개의 머리는 이번에도 나를 발견하지 못했다.

"잘 있었나?"

알프레드가 손을 들어 케르베로스를 아는 체했다.

"어라?"

"그 노인이다."

"어서 오게."

머리 세 개가 동시에 반갑게 맞이했다.

"나를 기다렸나 보군."

"자네보다는 문제의 답을 기다렸지."

"나도 자네들의 답을 들으러 왔네."

알프레드는 턱을 쓰다듬으며 거드름을 피웠다.

"그래, 답이 뭐야?"

케르베로스가 물었다.

"문제의 답이야 정해져 있는 것은 아니지. 우선 자네들이 구한 답을 들어보고 내 답을 가르쳐 주지."

"좋아. 아무튼 우리는 각자 답을 구했어. 자네가 들어보고 가장 올바른 답을 구한 머리부터 형제의 순서를 정해주면 되네."

"알았으니 어서 답을 말해 봐."

세 개의 머리가 서로 눈치를 보았다.

"자네가 주었던 문제는 '신께서 너희들에게 명하기를 세상에 존재하는 것 중에 검은색 진리를 구해오라고 하면 무엇을 가져올 건가?'였어."

"맞네."

"나는 석탄을 가져오겠어."

똑똑하다고 자부했던 오른쪽 머리였다.

"역시 해박하군. 바깥 세상에서도 구하기 힘든 석탄을 생각하다니 대단하네."

"이 정도야 보통이지."

알프레드가 치켜세워 주자 오른쪽 머리가 잘난 체를 하였다.

"석탄이라……."

생각하는 척하며 알프레드는 조금씩 입구 쪽으로 몸을 옮기고 있었다. 그러나 케르베로스는 눈치 채지 못했다.

"진리라는 것은 어둠 속에서 빛을 찾는 거야. 곧 밝음을 뜻하는 거지."

"으음!"

알프레드가 수긍을 하는 눈치다.

"어둠을 밝혀주는 것 중에 최고는 뭐니 뭐니 해도 불이야. 따라서 검은색의 진리는 석탄이 맞아. 영원히 어둠을 몰아내고 활활 타오르는 불꽃을 태우는 석탄이야말로 진리 중에 진리가 틀림없어."

"무슨 소리!"

왼쪽 머리가 의기양양하게 말을 꺼내는 오른쪽 머리의 말을 가로막았다.

"검은색 진리는 세상에 오직 하나야."

"그게 무엇인데?"

알프레드가 과장되게 호기심을 보였다.

"나는 진리는 힘이라고 보지. 아무리 돈 많고 똑똑하더라도 세상을 지배할 수 있는 힘을 이기지는 못해. 힘만 있으면 그 무엇이든 다 가질 수 있어."

힘을 내세웠던 왼쪽 머리가 열변을 토하였다. 그러는 사이 알프레드의 몸은 조금 더 문 밖으로 다가가고 있었다. 나도 그의 손짓에 따라 천천히 '아케론의 문'을 향하였다.

"자네는 권력의 상징을 가져와야겠군."

"바로⋯⋯."

왼쪽 머리가 막 답을 말하려고 할 때였다.

"잠깐!"

가운데 머리가 킁킁거렸다.

"왜 그래?"

자신의 얘기를 끊자 왼쪽 머리가 짜증을 냈다.

"사람 냄새가 난다."

"어디?"

머리 세 개가 이리저리 코를 들이댔다.

"오늘은 두 번이나 사람 냄새가 나다니 이상하군."

"더군다나 이 친구만 나타나면 그렇군."

케르베로스는 알프레드를 이상한 눈초리로 쳐다보았다.

"그러지 말게. 나는 자네들이 보는 대로 영혼일 뿐이야."

"알다가도 모를 일이군."

머리들이 사방을 둘러보았다.

"더 이상 답이 없는 것으로 알고 오른쪽 머리를 첫째로 정하겠네."

알프레드는 극단적인 목소리로 분위기를 바꿨다.

"당연히 나지."

"무슨 소리야!"

"나는 아직 답도 말하지 않았어!"

쿵쿵거리던 머리들이 모두 난리를 쳤다.

"그럼 답을 빨리 말해 봐."

"나는 권력의 상징인 체스의 검은 킹을 가지고 오겠네."

왼쪽 머리가 얼른 대답을 했다. 이미 청동 문을 빠져나온 나는 여유 있게 그 광경을 지켜보았다. 머리 세 개는 사람 냄새를 잊고 있었다.

"세상을 지배하는 권력 중에서 제일은 왕이지. 누구도 그의 한마디에 예를 갖추고 무릎을 꿇어야 해. 따라서 그의 입이 세상을 이끄는 진리야."

"으음!"

이번에도 알프레드는 머리를 끄덕거렸다.

"둘 다 틀렸어."

가운데 머리가 양쪽에서 쳐다보는 두 머리를 무시했다.

"진리는 무슨 일이 있어도 죽지 않는 것이야. 영원히 존재하는 것이 바로 세상에 유일한 진리란 말이야."

순간 알프레드의 눈이 빛났다.

"영원한 생명을 나타내는 검은 진리는 이곳에 있어."

"그, 그게 무엇인데?"

알프레드의 시선이 문 밖의 나를 바라보았다. 어디 있는지 보이지도 않을 텐데 나를 향한 눈빛에는 걱정이 서려 있다. 그가 다시 천천히 케르베로스에게 고개를 돌리자 케르베로스가 문제의 답을 말했다.

"이곳에서 자라는 검은 포플러야."

타르타로스의 입구를 지나가면 검은 포플러의 나무들이 방벽을 쌓아놓은 듯 좌우로 길게 늘어서 있었다.

"세상에서 영원히 살 수 있는 곳은 이곳이 유일하지. 죽지 않는 진리는 바로 여기야."

"일리가 있군."

케르베로스의 눈치를 보며 안도의 한숨을 내쉬던 알프레드가 감탄을 하며 말했다.

"이제 자네 차례야. 우리는 각자 답을 전부 말했어."

"그렇지."

알프레드가 잠시 생각을 하는 척했다.

"셋 모두 옳은 답이야."

"그럼 우리는 어떡해?"

형제의 순서를 기다리던 세 개의 머리가 실망스런 얼굴을 했다.

"그래서 내가 직접 알아봐야겠어."

"무슨 뜻이야?"

"내가 바깥 세상에 나가서 누구의 답이 맞는지 진정한 진리를 찾아본다는 말이야."

"나가다니?"

"여기를 나간단 말이야?"

"있을 수 없는 일이다!"

케르베로스가 깜짝 놀라며 알프레드를 막으려고 했지만 이미 늦은 뒤였다. 알프레드의 영혼은 '아케론의 문' 밖에 발을 내려놓고 있었다.

"자네들에게 미안하네."

"이런!"

"어서 돌아오지 못해!"

"아니!"

"약속이 다르잖아!"

"무슨 약속?"

"답을 찾으러 나간다는 말은 안 했잖아."

"나가지 않을 거라는 말도 하지 않았지."

알프레드가 빙글거리며 케르베로스를 쳐다보았다.

"우리에게 형제의 순서를 알려주기로 했잖아."

"내가 그 힘든 바깥 세상에 나가려는 것도 바로 그 때문이야."

케르베로스는 할 말을 잊은 것 같았다.

"수고들 하게."

"안 돼!"

영혼이 들어올 수는 있어도 나갈 수는 없는 것이었다. 그 책임은 전적으로 문을 지키는 케르베로스의 몫이었다.

"제발 다시 돌아와."

"잘들 있게."

알프레드는 냉정하게 등을 돌렸다.

"이럴 수가……!"

"우리가 속았어."

머리 세 개가 넋을 놓고 알프레드의 뒷모습을 쳐다보았다.

"맥수, 어서 가자."

그때까지 입구에 멍하니 서 있던 맥슨은 큰 스승이 부르자 문밖으로 나오려고 했다.

"안 된다!"

알프레드에게 당한 케르베로스가 이를 악물고 맥슨을 노려보았다.

"그분은 대리인의 명령을 받고 나가시는 처형관이네."

"어떤 이유로도 여기를 통과할 수는 없다."

순간 알프레드의 인상이 찌그러졌다.

"당신은 정말 처형관이군요."

덩치 큰 영혼의 복장을 본 케르베로스가 금방 알아보았다.

"그래."

맥슨이 별거 아니라는 듯 대답을 하며 문밖으로 나가려 했다.

"처형관이라도 이곳을 나갈 수는 없습니다."

"누구도 나를 막을 순 없다."

"우리에게 반항하는 것은 데드라우트 신(神)을 거역하는 겁니다."

케르베로스가 죽음의 신을 들먹이며 길을 막았다.

"나는 이슈빌님만을 따른다."

우직한 성격이야 둘째가라면 서러운 맥슨이다.

"크르르르르!"

"크르르르르!"

청동을 긁는 듯한 소리가 거칠게 울렸다.

"괜찮을까?"

나는 알프레드에게 바짝 붙었다.

"내가 실수했구나."

알프레드가 혀를 찼다.

"처형관이면 대리인의 직속이라 쉽게 통과할 줄 알았는데 아니었네."

나는 알프레드의 걱정스런 눈초리를 놓치지 않았다.

"크르르르르!"

"크르르르르!"

케르베로스의 턱에 달려 있는 뱀 머리들이 일제히 독기를 품었다.

"해보겠단 말이지."

맥슨도 물러서지 않았다.

"잠깐만!"

보고만 있던 알프레드가 나섰다.

"어차피 자네들은 내가 이 문을 빠져나오면서 신의 벌을 피할 수 없게 되었네. 그러니 한 명 더 나온다고 크게 달라지는 것은 없네."

"시끄럽다!"

케르베로스가 소리를 버럭 질렀다. 왜소한 늙은이에게 속은 것이 억울할 것이다.

"대신 내가 답을 알려주겠네."

알프레드는 선심 쓰듯 말을 꺼냈다.

"두 번은 안 속는다."

"너도 답을 구하러 간다고 했잖아."

머리들이 알프레드를 잡아먹을 듯 노려보았다. 하지만 일단 밖으로 나온 영혼을 어쩔 수는 없었다.

"사실은 너무 중요한 거라 자네들에게 답을 가르쳐 주지 않으려고 했던 거야."

"그렇게 중요한 건가?"

"세상의 진리를 아는 거야. 그것만 알면 신의 경지에도 오를 수 있지. 신이 추구하는 세상이 바로 올바른 진리 속에 있으니까."

케르베로스의 머리 세 개가 한참을 생각했다.

"좋다. 우리가 판단해서 옳은 답이라고 판단되면 처형관을 내보내 주겠다."

"그렇게 하겠다."

케르베로스에게 확답을 받자 그제야 알프레드가 말을 꺼냈다.

"자네들이 찾아낸 답은 모두 상징적인 것이었어."

"상징적인 것이라도 틀린 답은 아니잖아."

"물론 그렇긴 하지. 하지만 해석하는 사람들의 생각이 맞지 않으면 그 답을 다르게 풀이할 수도 있지. 자네들이 신 앞에 그 물건들을 가지고 갔을 때, 과연 자네들 뜻을 상징만으로 알아주실까?"

"……."

"석탄은 추위를 몰아내는 따뜻한 불로 알 테고, 체스의 검은 킹은 여가를 즐기는 도구로 이해할 수도 있고, 이곳에서 자라는 검은 포플러의 잎은 죽음을 암시한다고 판단할 수도 있네. 그렇다면 자네들은 모두 실패한 거지."

알프레드는 차근차근 설명을 했다.

"그렇다면 한 번에 진리를 알 수 있는 답이 있단 말인가?"

"당연하지."

알프레드의 설명에 세 개의 머리가 눈을 반짝였다.

"어서 답을 말해 봐."

"저분부터 나오면 가르쳐 주지."

"우리가 말했잖아. 납득할 수 있는 답을 말하면 통과시켜 준다고."

케르베로스는 답을 말하지 않는 알프레드를 보며 초조한 몸짓을 보였다.

"답은……."

알프레드가 씩 하고 웃었다.

"책이야."

"……!"

"자네들이 생각해도 맞지?"

세 개의 머리가 동시에 아래로 떨구어졌다. 이해한다는 표시였다.

"책장을 넘기는 순간 하얀 종이를 가득 메운 검은 글씨는 그 자리에서 어떤 것이든 가르쳐 주지. 세상에 배움만큼 값있는 진리가 어디 있겠나?"

알프레드의 음성이 커질수록 세 개의 머리는 더욱 아래로 처졌다.

"자네들이 말했던 것처럼 세상에 빛을 주는 것도, 권력을 잡는 것도, 그리고 영원히 존재하는 것도 모두 배움을 바탕으로 가능하네. 그리고 그 모든 것은 책에 쓰인 검은 글씨로 이루어지지."

"휴우! 인정하네."

케르베로스가 앞발로 땅을 긁었다.

"나 때문에 벌을 받아야 하니 정말 미안하네."

알프레드가 진심으로 말했다.

"벌은 우리가 받는 거니까 자네가 미안해할 필요는 없어."

"그래도 몇천 년 만에 처음으로 즐거운 고민을 하게 해줘서 고맙네."

"좋은 답도 가르쳐 주고."

머리 세 개도 알프레드의 마음을 고맙게 받았다.

"맥슨, 그만 가자."

케르베로스의 배웅을 받으며 돌아선 알프레드는 어깨를 활짝 펴고 앞장섰다. 맥슨이 그 뒤를 어슬렁거리며 따라나섰다.

"저 늙은이는 또 어떻게 달랜다……."

뒷짐을 지고 선착장으로 걸음을 옮기는 알프레드가 다음 걱정거리를 읊어댔다. 스틱스 강가에 다가서면서 사공인 카론의 배가 시야로 크게 들어왔다.

"방법이 있어?"

나는 잔뜩 구겨져 있는 알프레드의 얼굴을 보며 불안해했다.

"나가는 영혼을 태운 적이 없는 카론이다. 더군다나 지금쯤은 들어올 때 내가 속인 것을 알아차렸을 텐데 큰일이군."

말은 그렇게 하면서도 알프레드는 쉬지 않고 걸음을 옮겼다.

"멈춰라!"

망치를 든 카론이었다.

"안녕하십니까?"

알프레드가 명랑하게 인사를 했다.

"이놈! 너구나!"

"저를 알아보시는군요."

"네놈을 어떻게 잊겠느냐!"

카론이 눈을 부릅떴다.

"감사합니다, 저 같은 미천한 놈을 기억해 주셔서."

알프레드가 능청을 떨었다.

"저 문으로 들어서길래 다시는 못 볼 줄 알았더니 데드라우트 신께서 무심하지는 않았구나."

"그렇게까지 저를 보고 싶었다니 몸 둘 바를 모르겠습니다."

인사까지 하는 알프레드였다.

"이놈이……!"

카론은 화가 머리끝까지 오르고 있었다.

"나를 속이고도 모른 척하다니 용서할 수가 없다!"

"속이다니요?"

알프레드는 팔짝 뛰었다.

"누가 감히 카론님을 속이겠습니까?"

"바로 네가 나를 속였잖아!"

"그런 일 없습니다!"

알프레드가 화까지 내며 끝까지 잡아떼자 카론이 수그러들었다.

"그럼 내가 거짓말을 한다는 말이냐?"

"카론님처럼 위대한 분이 거짓말이야 하겠습니까?"

"당연하지."

카론이 얼굴이 조금 풀렸다.

"무엇인가 착오가 있을 겁니다."

"아니다. 틀림없이 10명이 탔는데 네가 나한테 준 것은 9몬드였어."

"사실은……."

알프레드가 곤혹스러운 얼굴을 하였다.

"돈이 모자라는 것 맞습니다."

"그렇지?"

카론이 반색을 했다.

"제기 돈을 잘못 센 것 같습니다."

"그런데도 자네가 나를 속이지 않았다고 그러나!"

"속인 것은 아니고 계산이 틀린 겁니다. 카론님도 아무런 의심 없이 저희를 태우셨으니 할 말은 없습니다."

"으음."

긴 머리를 쓰다듬으며 카론이 신음 소리를 냈다.

"그것 때문에 이렇게 다시 찾아왔습니다."

"떼먹은 배 삯을 주려고?"

"아닙니다."

알프레드가 미소를 지었다.

"그럼 뭐 하러 나왔지?"

"나중에라도 이런 오해가 데드라우트 신에게 알려진다면 벌을 받아 처형당할지도 모르기에 더 늦기 전에 해결을 하려고 왔습니다."

"돈을 주기 전에는 해결이 안 된다."

"당장 돈이 없습니다."

"그럼 어떻게 해결하려고 하지?"

"카론님이 저를 용서해 주시면……."

알프레드가 카론의 눈치를 보는 척했다.

"절대 안 돼!"

"……."

"배 삯을 내기 전에는 어림도 없어!"

카론이 강력하게 못을 박았다.

"하하하, 저도 염치가 있는 놈입니다."

"염치 좋아하네."

믿지 못하겠다는 말투다.

"정말입니다. 계산을 잘못한 것도 미안해서 이렇게 왔는데 감히 눈 감아 달라는 부탁이야 할 수 있겠습니까?"

알프레드는 강가에 매어 있는 카론의 배를 만지작거렸다.

"그럼?"

"방법이 있습니다."

"어떻게?"

"일단 원래 있던 자리로 돌아가서 배 삯을 지불하고 다시 타르타로스로 오는 겁니다."

"강 건너로 다시 간단 말이냐?"

카론은 이해하지 못하는 눈치다.

"그래서 이분을 데려왔습니다."

"처형관님!"

그제야 맥슨을 발견한 카론이 아는 체를 했다. 아버지의 말에 의하면 배 삯이 없어서 강가를 헤매던 맥슨을 데려왔다고 했다.

"대리인님은 안녕하십니까?"

"그래."

맥슨의 굳은 얼굴은 언제 풀릴지 궁금했다.

"이분이 저를 데리고 강 건너로 가서 돈을 구할 때까지 도와주실 겁니다. 그렇게 해서 원죄를 없애려 합니다."

"그게 제일 좋은 방법이겠군."

"이해해 주셔서 감사합니다."

"이유야 어떻게 됐든 나를 속인 죄를 지우려면 처음부터 다시 시작하는 것이 올바른 판단 같아서 하는 말이야."

카론은 맥슨을 보자 신뢰를 가지는 듯했다. 케르베로스가 지키는 청동 문을 무사히 나온 것도 그에게 의심할 틈을 주지 않았다.

"오늘도 많은 영혼들이 여기를 건너겠군요."

"그럴 테지."

"카론님은 영혼들을 실어 나르면서 어떤 생각을 하시나요?"

"죽음이야 신께서 정해놓은 일이니까 특별히 말할 것은 없지만 전쟁이나 끝났으면 좋겠네. 억울하게 죽은 영혼들은 고스트가 되거나 배 삯이 없어서 강가를 헤매고 있지."

알프레드와 카론이 이런저런 얘기를 나누는 동안 배가 나루터에 도착했다. 우리 일행은 그곳에 모여 있는 새로운 영혼들을 바라보았다. 그들 중에 몇 명이나 처벌을 받아 다시 세상 밖으로 쫓겨날지는 모르지만 죽음이 삶의 끝이 아니라는 사실을 되새겨 보았다.

"배 삯을 준비하고 어서들 타라!"

익숙한 솜씨로 영혼들을 배에 태우는 카론을 보며 우리 일행은 왔던 길로 되돌아갔다. 길게 뻗은 강가에서 한쪽으로 걸어가니 일정한 폭으로 길게 뻗어 있는 길이 나왔다. 지하 세계로 들어가는 길이었다.

"빨리 가자."

알프레드는 무표정한 얼굴로 시무룩하게 서 있는 맥슨을 잡아당겼다. 아직도 아버지 곁을 떠나온 게 아쉬운 맥슨이었다.

(3)




모든 게 순조롭게 이루어지고 있었다. 앞장을 서서 걸어가는 알프레드는 처음부터 나하고는 달랐다. 숨 막힐 듯 어려운 문제들을 차근차근 풀어갈 때마다 나는 주먹을 불끈 쥐고 속으로 환호성을 질렀다.

이곳으로 들어오면서 몇 번의 고비가 있었지만 별 탈 없이 무사히 넘어갔기 때문에 벗어나는 것도 특별히 조심할 일은 없다고 나는 판단했다. 그러나 그 문제를 푸는 중심에 있던 알프레드에겐 항상 어두운 걱정의 그림자가 먼저 보였다.

조심스럽고 꼼꼼한 성격을 가졌다고 해도 그는 감정을 표출할 만큼 소심하지는 않았다. 지금도 마지막 관문인 맥슨의 부활만 마치면 모든 게 끝이 난다. 그러나 알프레드의 얼굴엔 초조한 기색이 역력했다.

"하두카가 기다리겠구나."

"그가 맥슨의 육체를 잘 보살피고 있을까?"

"약속을 했으니까 그럴 거야. 다만……."

알프레드의 얼굴은 자리를 옮길 때마다 심각해지고 있었다.

"힘든 고비는 다 넘겼는데 뭘 고민해?"

"고비를 넘긴 것이 아니라 이제부터 시작이다."

"아무 일 없을 거야."

나는 자신있게 말했다.

"아냐. 올 때보다 더욱 조심해야 한다."

"이해를 못하겠네."

"조심해서 나쁠 것은 없어."

알프레드가 타이르듯 대꾸했다.

"맥슨을 찾았고 '헤데지바의 거울'도 그대로 있는데 뭐가 걱정이라는 거야? 오히려 맥슨이 있어서 더욱 강해졌잖아."

"지하 세계의 전령인 하두카를 시작으로 들어올 때 보았던 스켈레톤과 또 다른 언데드인 채프들, 거기다가 뱀파이어와 고스트까지 그냥 넘어갈 놈들은 하나도 없어."

"하두카하고는 알프레드가 나중에 오기로 약속을 했으니까 스켈레톤이나 채프는 그가 막아줄 테고, 뱀파이어는 들어올 때도 꼼짝 못하고 물러났으니까 나갈 때도 우리를 어쩌진 못할 거야. 고스트는 내가 세상에 남긴 원한을 풀어주기로 했잖아."

나는 어깨를 들썩이며 알프레드를 이해 못할 표정으로 바라보았다.

"그렇게 생각대로만 된다면 얼마나 좋겠냐."

"아직 더 가야 돼요?"

맥슨이 어렵게 한마디 했다.

"거의 다 왔다."

알프레드는 앞장서서 걷기만 했다. 도대체 그가 걱정하는 게 무엇인지 궁금하지 않을 수가 없었다. 항상 혼자만 고민하는 버릇과 너무 소심한 성격이 만들어낸 문제로 여길 수밖에 없었다.

"바람의 속도가 빨라지는 것을 보니 하두카가 있는 광장이 가까워졌나 보다."

거울에서 나오는 빛을 따라 걷던 알프레드가 긴장했다.

"빨리 맥슨을 살렸으면 좋겠다."

나는 알프레드의 그런 태도를 무시하며 맥슨에게 신경을 썼다. 그러나 자신이 다시 생명을 얻는다는 사실에 대해 별로 감흥을 느끼지 못하는 맥슨은 표정조차 변하지 않았다.

"맥슨, 기쁘지 않아?"

"내가 바라는 것은 빨리 결혼하고 죽는 거야. 그래야 죄를 용서받고 아슈빌님 곁에 영원히 있을 수 있어."

"하나만 알고 둘은 모르는구나."

알프레드가 답답한지 맥슨에게 신경을 썼다. 하지만 신상을 풀지는 않았다.

"결혼을 하면 가정이라는 것을 지켜야 한다. 그것을 소홀히 하는 것도 또 다른 죄야."

"아슈빌님은 그런 말씀 없었습니다."

"나한테만 살짝 말해 준 거야. 아만다하고 결혼하면 알게 될 거다."

"그렇다면 더 늦게 죽어야 한다는 말씀입니까?"

맥슨이 처음으로 반응을 보였다.

"죽는 거야 많이 늦어지겠지만 죄악을 행복으로 바꿀 수 있는 기회이기노 하시."

"아슈빌의 곁에 있는 게 제일 큰 행복입니다."

"바깥 세상에 나가게 되면 내가 너한테 새로운 행복을 가르쳐 주마."

"그런 행복이 저한테 있을까요?"

"틀림없이 있다."

나는 알프레드와 맥슨의 대화를 들으며 엉뚱한 상상을 했다. 정말 맥슨이 생명을 얻은 후에도 정신을 못 차린 채 모든 일들을 젖혀놓고 그린 족의 마을로 달려간다면 타르타로스를 떠나며 입술을 깨물고 하던 다짐은 수포로 돌아갈 것이다. 하기 싫은 상상이었지만 지금의 맥슨을 보면 그리고도 남을 것 같았다.

"광장이다."

폭이 일정한 길의 앞쪽에 흐릿한 불빛이 보였다. 하두카가 기거하는 광장에서 나오는 빛이었다. 나는 걸음을 빨리했다.

"어서들 오게."

우리가 길을 빠져나오자마자 하두카가 반가운 기색으로 나타났다.

"덕분에 무사히 돌아왔습니다."

"영혼을 찾았군."

하두카는 맥슨의 영혼을 바라보았다.

"맥슨의 육체는 어디 있죠?"

내가 서둘렀다. 그러나 하두카는 나를 안중에 두지 않았다. 그의 관심은 오로지 똑똑한 영혼인 알프레드에게로만 향해 있었다.

"알프레드, 대단하네."

칭찬부터 시작했다.

"타르타로스에 갔다가 돌아온 영혼은 자네가 처음일 걸세."

"그럴 겁니다."

알프레드가 맞장구를 쳤다.

"보통 사람의 능력으로는 도저히 불가능한 일이야. 그러니 자네가 얼마나 똑똑한 영혼인가? 나는 자네에게 탄복했네."

"감사합니다."

하두카의 칭찬을 듣는 순간에도 알프레드는 긴장을 늦추지 않고 있었다.

"그 많은 난관을 어떻게 극복했는지 얘기나 해주게."

"누구나 다 할 수 있는 일입니다."

"아니야. 같은 위치의 신이라도 자기 영역이 아니면 함부로 들어가지 못하네. 그런데 저승 세계까지 다녀오다니… 정말 대단한 거야."

"과찬이십니다."

알프레드가 겸손을 떨었다.

"꼬마야, 나한테 뭐라고 했지?"

하두카가 그제야 나를 아는 체했다.

"맥슨의 육체가 어디 있는지 물었습니다."

"아하!"

무릎을 탁 치는 모습이 과장되게 보였다.

"하하하, 그게 가장 급한 일이지."

"그렇습니다."

"내가 정신이 이렇게 없네."

호들갑까지 떨어 보였다.

"자네들이 무사히 온 것만 좋아가지고 제일 중요한 일을 잊고 있있어."

"괜찮습니다."

알프레드는 긴장은 했지만 서두르지 않았다.

"맥슨은 이리 나와라!"

하두카가 광장의 한쪽을 바라보며 맥슨의 육체를 불렀다. 그러나 맥슨의 육체뿐만 아니라 여러 명의 채프들도 함께 나타났다. 그중에는 알프레드의 육체도 있었다.

"우우우우!"

"우우우우!"

맥슨의 영혼이 움찔거렸다. 자신의 또 다른 존재를 본다는 것은 그리 유쾌한 일이 아니다. 더군다나 썩을 대로 썩은 육체라면 더욱 그럴 것이다.

"꼬마야, 시작해라."

"하두카님이 도와주셔야죠."

"내가?"

"그렇습니다."

알프레드가 정중하게 부탁했다. 하두카의 기분을 맞추려고 노력하는 그의 모습이 안쓰럽게 보였다.

"내가 어떻게 도우면 되겠나?"

"맥슨이 움직이지 못하게 잡아주십시오."

"그런 거라면 얼마든지 하지."

"감사합니다."

나는 못마땅한 얼굴로 하두카가 맥슨의 육체를 눕히는 광경을 지켜보았다.

"윌리암, 시작해라."

"알았어."

"맥슨도 자리로 가라."

알프레드의 지시에 따라 맥슨의 영혼이 바닥에 누워 있는 육체 곁으로 가서 섰다.

"라이브 스톤을 집어넣어."

"잠시만."

목에 걸려 있던 라이브 스톤을 벗으며 하두카를 슬쩍 보았다. 무엇인가 기다리고 있는 상기된 모습이었다. 나도 모르게 서서히 알프레드처럼 걱정이 올라왔다.

"맥슨, 너는 다시 살아나는 거야."

나는 누워 있는 맥슨의 육체 곁으로 갔다. 그리고는 그의 입을 벌리고 라이브 스톤을 집어넣었다. 곁에 서 있던 맥슨의 영혼이 묘하게 흔들렸다.

슈슈슈슈슈!

라이브 스톤을 삼킨 육체의 심장에서 암갈색의 빛이 올라왔다.

"윌리암, 물러나라!"

알프레드의 경고가 다급하게 메아리쳤다.

펑!

순간 빛 줄기가 위로 솟구쳤다.

휘이이익!

심장을 중심으로 암갈색의 빛은 더욱 밝아지며 몇 가닥의 줄기가 온몸으로 퍼져 나갔다.

곽곽곽곽!

마치 거미줄이 뻗어 나가는 듯했다.

"으으으!"

맥슨의 영혼이 신음 소리를 냈다.

"아아아악!"

맥슨은 머리를 잡고 고통스러워했다.

"맥슨."

나는 맥슨이 잘 견디기만을 바랐다.

스르르르!

온몸으로 퍼지던 빛의 거미줄은 시간이 흐를수록 더욱 두꺼워지며 한 치의 빈틈도 없이 맥슨의 몸을 감싸 안았다. 천장으로 쏘아 올리던 빛 줄기도 무지개처럼 부채꼴을 만들었다. 마치 맥슨의 육체가 빛의 덩어리 같았다.

"크아아아!"

"우우우우!"

지하 세계에 빠져서는 단 한 번도 보지 못했을 엄청난 빛의 율동을 견디지 못하고 언데드들이 머리를 땅에 처박았다. 하두카도 인상을 쓰며 입술에 힘을 주었다.

"으아아아!"

언데드들의 신음과 또 다른 괴로움에 찬 신음 소리가 광장에 울린 것은 빛이 더욱 밝아지며 주변을 온통 암갈색으로 바뀌고 있을 때였다.

"으아아아!"

맥슨의 고통이 점점 심해지고 있었다.

"영혼이 사라진다."

나는 소리쳤다.

"으아아아!"

육체 곁에 서 있던 맥슨의 영혼이 녹아내리고 있었다.

"육체로 흡수되는 것이다."

알프레드가 나를 진정시켰다.

"카으으악!"

영혼의 반 이상이 빛에 녹아 허리가 잘린 듯 고통스러워하는 맥슨의 모습을 차마 눈뜨고는 볼 수 없었다. 형체는 스멀거리며 윤곽조차 사라지고 있었다.

"맥슨……."

억지로 쫓아올 때 가졌던 괘씸한 생각은 어느새 사라지고 안타까운 마음만 나를 두근거리게 했다. 제발 아무 일 없이 무사히 살아나기만을 기다렸다.

파팍!

순식간이었다. 그토록 무섭게 뿜어 넘치던 빛 줄기가 한순간에 지워졌다.

"없어졌다."

제자리를 찾은 광장에는 맥슨의 영혼이 보이지 않았다.

"육체로 전부 흡수됐다."

"그런데 왜 안 깨어나지?"

"조금 기다려 보자."

맥슨의 육체는 숨도 쉬지 않았다.

"제발, 맥슨!"

"일어나야 한다!"

나와 알프레드가 마법의 주문을 외우듯 간절한 마음으로 맥슨을 쳐

다보며 얼마의 시간이 흘러갔다. 다른 사람에게는 차 한 잔 마실 짧은
시간이었지만 나에게는 세상을 몇 번 바꾸고도 남을 만큼 긴 세월로
느껴졌다.

"으으음!"

맥슨의 육체에서 작은 소리가 들렸다.

"알프레드, 맥슨이……."

"이제 깨어나나 보다."

잔뜩 긴장하고 있던 알프레드의 인상이 펴졌다.

"아… 슈… 빌… 님……."

천천히 눈을 뜬 맥슨이 제일 먼저 뱉은 말은 아버지의 이름이었다.

"맥슨!"

나는 맥슨을 와락 껴안았다.

"정신이 들어?"

"……."

덩치 큰 친구가 대답도 없이 멍하니 나를 쳐다만 보았다.

"내가 누군지 알겠어?"

"……."

"맥슨, 기분은 괜찮으냐?"

알프레드의 영혼이 우리 곁으로 다가왔다.

"윌리암."

맥슨이 나를 쳐다보며 입을 열었다.

"나를 알아보겠어?"

"장난하지 말고 먹을 거나 있으면 줘봐."

"배고프냐?"

다시 태어났어도 맥슨의 배는 여전했다.

"잉?"

알프레드를 쳐다보는 맥슨의 얼굴이 일그러졌다.

"큰 스승님은 어쩌다 그렇게 됐어요?"

"내가 뭘?"

얼른 이해를 못한 알프레드는 잠시 머뭇거렸다.

"너무 굶어서 내 눈이 흐려졌나 보다."

"아무튼 먹는 타령은······."

나는 맥슨을 슬며시 놓으며 그의 몸을 조심스럽게 만져 보았다.

"따뜻하다."

피가 돌고 있었다.

"왜 그래?"

"가만있어 봐."

맥슨의 얼굴을 이리저리 훑어보았다.

"와아!"

나는 탄성을 질렀다. 썩어 문드러져 있던 피부가 뽀얗게 올라와 있었다.

"다행이구나."

알프레드가 눈치를 채고 같이 기뻐했다.

"정말 왜 이래?"

맥슨은 머리를 흔들며 일어나 자세를 바로하고 앉았다. 그리고는 주변을 둘러보았다.

"윌리암, 여기가 어디야?"

"기억이 안 나?"

"글쎄? 파이로텐 벌판에서 철갑단에게 쫓기던 것……!"

말끝을 흐리던 맥슨이 깜짝 놀랐다. 그의 시선이 알프레드에게 바짝 다가갔다.

"아버지?"

"다른 것은 기억나지 않아?"

알프레드가 인자하게 웃음을 보였다.

"하하하, 우리 살아 있는 거죠?"

"……."

"그럼 그렇지, 우리가 누군데 그놈들 손에 죽어. 세상이 무너져도 그럴 수야 없지."

맥슨은 알프레드의 존재를 다시 확인하며 안도했다.

"윌리암도 이렇게 살아 있고……."

다시 살아나면서 영혼으로 지낸 기억은 없는 듯했다.

"그럼 여긴 하이드랜드겠구나."

"맞아, 여긴 하이드랜드야. 하지만 한 가지는 틀렸어."

내가 어떻게 설명을 할까 하며 잠시 망설이는 동안 알프레드가 먼저 입을 열었다.

"맥슨, 나는 이미 죽었단다."

"큰 스승님! 이제야 겨우 정신 차린 놈을 그렇게 놀려야 속이 시원하겠어요?"

맥슨은 소리를 꽥 질렀지만 자신을 놀리는 거라 생각하곤 놀라지는 않았다.

"장난이 아냐. 주위를 잘 봐봐."

"주변이 어때서……."

별거 아니라는 듯이 사방을 홀홀 둘러보던 맥슨의 턱이 떨어져 내렸다.

"도대체 여기가 어디야?"

"지하 세계야."

내가 친절하게 가르쳐 주었다.

"모두 내 뒤로 와!"

맥슨이 몸을 벌떡 일으키며 내 손을 잡아끌었다.

"너희들은 누구냐?!"

이제야 언데드들을 본 것 같다. 맥슨은 본능적으로 우리를 보호하려고 했다.

"큰 스승님도……."

순간 알프레드를 낚아채려던 맥슨의 얼굴이 묘하게 변했다.

"이럴 수가!"

알프레드의 몸을 통과한 손을 쳐다보는 맥슨은 믿을 수 없다는 표정이었다.

"큰 스승님, 이, 이게 어떻게 된 거죠?"

"맥슨, 내 얘기를 들어봐."

나는 맥슨에게 그동안 있었던 일을 간략하게 요점만 뽑아 설명해 주었다. 그가 죽었다가 다시 살아난 얘기까지 중요한 부분은 빼놓지 않았다.

"그랬군요."

맥슨이 나를 지그시 쳐다보았다.

"윌리암, 고맙구나."

"알프레드가 고생했어."

"큰 스승님은 당연히 그래야 하니까 덜 고맙지."

"뭐라고?"

"큰 스승님은 저의 아버지잖아요. 자식을 위해서 그 정도는 감수해야지."

"아니, 저놈이 다시 살아나자마자 시비를 거네."

오랜만에 보는 둘의 신경전이었다.

"그래도 아슈빌님이 잘 계시다니 다행이다."

맥슨은 곁에 우르르 몰려서 서 있는 언데드를 보다가 한곳에 초점을 두었다.

"알프레드님."

연약하고 왜소한 초로(初老)의 남자가 물끄러미 맥슨을 보고 있었다. 곧 있을 이별을 아쉬워하는 듯했다.

"이제 누가 지켜주나?"

맥슨이 쓴웃음을 지었다.

"걱정할 거 없다."

쩌렁쩌렁한 목소리가 우리 일행의 뒤에서 들렸다.

"그래, 재회의 기쁨은 다 나눈 건가?"

"맥슨, 인사해라."

"이분이 하두카라는 신의 전령이군요."

"그래."

알프레드가 고개를 끄덕이자 맥슨은 대충 허리를 숙여 보였다.

"알프레드님은 저의 아버지입니다. 비록 죽은 육신이지만 잘 부탁드립니다."

"하하하, 내가 잘 봐준다니까."

하두카는 큰 소리로 웃으며 알프레드의 영혼을 의미심장하게 쳐다보았다.

"감사합니다."

나와 맥슨이 동시에 인사를 했다. 그런데 우리를 바라보는 하두카의 눈매가 썩 마음에 와 닿지가 않았다. 개운치 못한 마음으로 허리를 세우던 나는 그의 다음 말에 신경을 곤두세웠다. 알지 못할 근심이 다가오고 있었다.

"한 가지 조건이 있지."

"하두카님."

알프레드는 신의 전령보다 먼저 조용히 말을 꺼냈다.

"우리 종족은 절대 남의 신의를 저버리지 않습니다."

"나도 그렇게 믿는다."

"저와 윌리암을 무사히 저승 세계까지 들어갈 수 있게 해주신 하두카님의 은혜는 잊지 않을 겁니다."

"당연히 그래야지."

하두카는 만족해했다.

"그렇지만 말씀드린 대로 윌리암의 일을 다 돕고 오겠습니다."

알프레드는 이미 하두카의 생각을 꿰뚫어 보고 있었다.

"아무리 생각해 봐도 그건 힘들 것 같군."

"약속은 꼭 지킵니다."

"자네가 필요한 건 바로 지금부터야."

하두카의 속셈이 드러나자 나는 분노가 올라왔다.

"우리를 막을 수 없다는 것을 알 텐데요."

"후후후."

웃음을 흘리는 신의 전령은 내 말 따위에는 크게 신경 쓰지 않았다.

"윌리암, 저자가 뭐라는 거야?"

"알프레드의 영혼더러 자기 부하가 되라는 거야."

"저 작자가 미쳤군!"

맥슨의 입이 거칠어졌다.

"알프레드뿐만 아니라 자네도 함께 남아야지."

"나도?"

"언데드인 채프가 그토록 충성스러운 모습을 보이다니. 거기다가 자네는 힘도 무지 강하더군. 앞으로 나한테 좋은 부하가 될 것 같아."

"하두카님, 맥슨을 또 죽이겠다는 말씀입니까?"

알프레드가 놀랐다. 그도 하두카가 맥슨의 육체까지 노리는 줄은 몰랐다.

"물론이지."

어떤 감정의 거리낌도 없었다.

"그럼 뭐 하러 살린 거야?!"

맥슨이 소리를 질렀다.

"라이브 스톤을 없애기 위해서지."

"그럴 수가!"

"후후후, 신의 징표가 없어야 내가 직접 손을 쓸 수 있으니까."

나는 그제야 알프레드의 걱정거리가 무엇인지 알았다. 맥슨을 살리기 위해 라이브 스톤을 사용하는 순간 지하 세계에서 만났던 몬스터들에게 좋은 표적이 되는 것이다. 신의 징표가 없다는 말은 이곳에서 무사하지 못한다는 암시였다.

"하두카님."

알프레드가 끝까지 예의를 지키며 신의 전령을 불렀다.

"말하게."

"정말 뜻대로 하셔야겠습니까?"

"그렇다네."

"그럼, 죄송하지만 순순히 응할 수는 없습니다."

"나도 기대가 되네. 특히 저 친구의 실력이 보고 싶군."

하두카가 맥슨을 지목하며 뒤로 물러났다.

"윌리암!"

알프레드의 비장한 목소리였다.

"왜?"

"제일 먼저 내 육체를 태워라!"

"뭐, 뭐라구?!"

나는 알프레드의 생각지도 못한 말을 어떻게 해석해야 할지 몰랐다.

"분명히 내 육체도 우리를 공격할 것이다."

"그렇다고 어떻게 알프레드의 육체를 완전히 없애."

하두카가 뒤로 물러나고서 언데드들이 천천히 우리와의 거리를 좁혀오고 있었다.

"정말이군."

우리 일행을 공격하려는 언데드의 무리 사이로 알프레드의 육체가 움직였다.

"이미 죽은 나 때문에 너희들이 곤란을 겪는 꼴을 볼 수는 없다."

"그래도 어떻게 아버지의 몸을 불로 태워요?"

맥슨은 몸을 움츠리며 난색을 표했다.

"저것은 껍데기일 뿐이야! 진짜 알프레드는 바로 나야!"

"알았어요."

맥슨이 엉거주춤 나를 말리려고 했지만 나는 알프레드를 거울로 불러들인 다음 바로 마음을 '헤데지바의 거울'로 전했다.

(4)




사방은 환하게 빛을 발했다. 우리를 에워싸던 스켈레톤과 채프들의 무리가 우왕좌왕 흩어졌다. '헤데지바의 거울'에서 뿜어져 나온 불덩어리가 정확하게 알프레드의 육체를 공격하자 어둠 속에서만 살던 언데드들은 두려움에 떨었다.

"크아악!"

불이 붙은 알프레드의 육체는 괴로워했다.

"알프레드."

"큰 스승님……."

나와 맥슨은 그 모습을 안타깝게 쳐다보았다. 아무리 껍데기일 뿐이라고 치부한 육체였지만 왜소한 몸매와 인자했던 눈매를 그대로 가지고 있는 또 다른 알프레드였다. 항상 웃음을 잃지 않던 그가 처참한 모습으로 고통스러워하고 있었다.

"둘 다 신경 쓰지 말아!"

거울에서 소리가 울렸다.

"그래도 마음이 아파."

"감정에 빠져 있을 때가 아냐."

알프레드는 우리를 독려했다.

"불이 수그러지면 놈들이 덤빌 것이다."

"그렇다면 불 공격을 계속하며 이곳을 빠져나가야겠네."

나는 방법을 찾으며 하두카를 바라보았다. 신의 전령은 전혀 급하지 않은 모습이었다. 어차피 이곳은 그의 영역이었다. 누구도 빠져나갈 수 없다는 확신이 있을 것이다. 더군다나 신의 징표였던 라이브 스톤도 맥슨의 몸으로 사라졌으니 전혀 부담이 없었다.

"윌리암이 앞을 뚫고 맥슨이 뒤를 지켜라."

"알겠습니다."

맥슨이 상기된 표정이었다.

"얼마 만에 몸을 푸는 거야."

"싸움하는 게 그렇게 좋으냐?"

나는 맥슨을 힐끔 쳐다보았다.

"태어나면서부터 배운 거라고는 싸움밖에 없다."

"자랑이다."

오랜만에 만난 친구치고는 조금 거친 대화였다.

"시끄럽다! 불이 점점 작아지고 있으니 조심해."

듣다못한 알프레드가 우리를 꾸짖었다.

알프레드의 육체에 붙었던 불길이 사그라들었다. 검게 타오르던 육체가 바닥에 쓰러지며 불은 거의 꺼져 가고 있었다. 뒤로 물러났던 언데드들이 불길을 피하며 다시 몰려들었다.

"우리도 공격할 준비를 하자."

"기다리고 있었다."

나와 맥슨은 자세를 잡았다.

"윌리암, 많이 컸구나."

맥슨이 나를 보며 웃어 보였다.

"무슨 소리야?"

"칼자루 한번 잡아본 적 없는 애송이가 그렇게 떡하니 폼을 잡으니 말야."

"어쩔 수 없잖아."

맥슨이야 알아주던 용사라서 그런지 싸움할 때만은 정말 멋있었다. 나도 모르게 주눅이 드는 것은 당연했다.

"구석으로 붙자."

"벽을 등지면 뒤를 방어할 필요가 없다."

"많이 아네."

"내가 누구 친군데 당연하지."

치고지아의 식당에서 맥슨이 싸우는 모습을 보며 알프레드가 가르쳐 준 방법이었다.

"카아아아!"

"크으르르!"

앞에 서 있던 언데드가 팔을 번쩍 들었다. 그들의 손에는 단검인 대거(Dagger)부터 돌도끼까지 무기가 될 만한 것들을 한 가지씩 쥐고 있었다.

"죽여도 상관없다!"

하두카가 냉랭했다.

"카아아아!"

"크으르르!"

언데드들의 무기들이 바로 코앞에서 춤을 추었다.

"각오해라!"

맥슨이 받아치며 달려나갔다.

"우억!"

어느새인가 맥슨의 손아귀에 잡힌 언데드의 모가지가 뽑혀 나왔다.

"크악!"

이번에는 팔이 부러지는 소리가 비명에 묻혔다.

"저게 맥슨 맞아?"

눈앞에 펼쳐져 있는 싸움판에는 덩치만 커다란 내 친구 곰탱이는
존재하지 않았다.

"아슈빌님의 말이 맞는구나."

"저주가 풀린다는 말?"

"그래. 아쿠아소룸의 천하장사 맥슨이 아니면 저런 괴력을 보이지
못한다. 아무리 언데드의 몸이 썩어서 문드러졌다고 해도 저 정도는
아니다."

내 발 아래로 쌓이는 언데드의 조각들이 맥슨의 실력을 고스란히
보여주고 있었다.

"맥슨의 진정한 능력을 이제야 알겠어."

나는 넋을 잃고 언데드 사이에서 날뛰는 맥슨을 바라보았다.

"아슈빌님이 많이 아낄 수밖에 없는 용사이지."

보기 드문 일이지만 알프레드가 맥슨의 칭찬을 했다.

"정말 대단하다!"

사실 새삼스러울 것은 없었다. 헤라트를 피해 그와 함께 도망 다니면서 싸우는 모습은 몇 번이고 봤다. 하지만 저주가 풀린 샤론 족 최고 용사의 실력을 본 것은 이번이 처음이었다. 예전에 샤론 족의 진지에서 심심풀이로 보았던 광경은 너무 먼 거리였기 때문에 맥슨을 유심히 볼 수는 없었다.

"가긴 어딜 가!"

"커어어억!"

맥슨은 지치지도 않았다. 그렇게 몰려드는 언데드들을 차곡차곡 꺾어버리고 있었다. 자기 앞을 가로막는 놈들을 없애면서도 종종 나한테 달려드는 언데드까지 가차없이 잡아다가 내동댕이쳤다. 그 몸놀림이 상상도 할 수 없을 정도로 민첩했다.

"제법이구나."

하두카는 맥슨을 놀라운 눈으로 바라보았다.

"더 보고 싶으면 언제든지 말만 해라."

한 언데드를 부러뜨리던 맥슨이 하누카를 부시하듯 지껄였다.

"걱정 마라. 저놈들은 얼마든지 있으니까."

"전부 죽여주마!"

"그런 소리를 들으니 더욱 네놈이 갖고 싶구나."

"미친놈!"

맥슨은 욕설을 내뱉었다.

"후후후, 모조리 죽여라!"

하두카가 두 손을 번쩍 들며 외쳤다. 그러자 꾸역꾸역 몰려나오던 언데드들의 눈에서 푸른 광채가 빛났다. 그들은 더욱 강력한 공격을 퍼부었다.

"헉! 헉!"

아무리 힘이 장사라도 바닥은 있었다. 맥슨의 숨소리가 조금씩 가빠지면서 바닥에 쌓이던 언데드의 숫자가 감소해 갔다.

"으읍!"

기어이 맥슨이 내가 서 있는 구석으로 밀려왔다.

"맥슨!"

"끝도 없이 나오네."

"윌리암, 맥슨 혼자는 무리다."

"기다려."

알프레드의 말뜻을 알아들은 나는 눈을 감고 마음을 가다듬었다.

"트랜스 스페이스!"

공간 이동이었다.

"내가 왜 이 생각을 못했지?"

나는 눈을 뜨며 머리를 툭툭 쳤다. 마음속으로 동굴 밖을 생각하며 써본 마법이었다. 전에 두 번이나 직접 보았던 마법이었다.

"여기가 어딜까?"

진작에 썼으면 언데드들하고 싸울 필요도 없었을 테고, 세상 어디든지 갈 수 있는데 깜빡 잊고 있었다. 비명 소리를 들을 때까지는 이제라도 기억해 낸 마법이 그나마 다행이라고 생각했었다.

"크아아악!"

그때 다리가 뒤로 완전히 꺾인 언데드가 내 머리 위로 날아왔다.

"윌리암, 무슨 마법을 쓴 거야?"

맥슨이 목멘 소리를 냈다.

"이게 어떻게 된 거지?"

분명 공간 이동 주문을 외웠다. 하지만 내가 눈을 뜬 장소는 한 발자국도 움직이지 않은 조금 전 그 자리였다. 그동안 내 마음을 잘 읽어오던 '헤데지바의 거울'이 결정적인 순간에 말썽을 피우고 있었다.

"하하하."

하두카는 내가 당황하는 모습을 보며 기분 좋게 웃었다. 마법이 통하지 않은 이유를 잘 알고 있는 모양이었다.

"다른 마법은 몰라도 공간 이동은 소용없다. 지하 세계에서 공간 이동을 마음대로 할 수 있는 특권을 가진 이는 나밖에 없다. 데드라우트 신께서 나에게 주신 선물이다."

"으음!"

나는 이 공간의 주인이 하두카라는 사실을 되새기며 입술을 깨물었다.

"빨리 어떻게든 해봐!"

맥슨은 하두카의 소리 따위에는 신경도 쓰지 않았다. 그는 많이 힘겨워했다.

"겁이란 걸 전혀 모르네."

언데드들은 쉬지 않고 달려들었다. 놈들의 숫자가 많은 것도 문제였지만, 하두카의 손짓이 한번 움직이면 쓰러져 있던 놈들까지 다시 일어나 덤비는 것이었다.

"맥슨이 놈들을 쓰러뜨리는 것은 임시 방편일 뿐이다."

알프레드도 그 광경을 보며 다급한 마음을 드러냈다.

"말로만 그러지 말고 어서 방법을 찾아보세요."

"나도 생각 중이야."

"윌리암, 불이라도 써봐."

"그럴까?"

특별한 방법이 없기는 마찬가지였던 나는 맥슨의 주문대로 불 공격을 캐스팅했다. 알프레드의 육체를 태울 때 효과를 봤었다.

"프로우트(Float)!"

바닥에 떨어져 있던 무기들이 공중으로 떠올랐다.

"어택크!"

내가 곧바로 공격 명령을 내리자 무기들이 언데드들을 향해 날아갔다. 그리고 나의 주문은 연달아 이어졌다.

슈우욱!

"파이어 웨폰!"

언데드들을 향해 날아가던 무기들이 불꽃을 일으켰다.

펑펑펑!

불붙은 칼, 도끼, 해머 등이 언데드의 가슴팍에 꽂히며 지하 세계가 환하게 변했다.

"크아악!"

"커억!"

언데드들은 자신의 가슴을 멍한 눈으로 쳐다보며 두려워했다. 이미 죽은 몸들이라 한 번 더 죽는다고 무서워하지는 않았지만 불만은 제대로 쳐다보지 못했다. 스켈레톤과 채프들이 엉거주춤 물러났다.

"윌리암, 제법이네."

내가 마법으로 공격하는 동안 맥슨이 잠시 휴식을 취했다.

"모두 이 거울 덕이지."

내가 헤데지바의 거울을 툭툭 쳤다.

"흥! 그런 정도로는 어림없다."

하두카가 코웃음을 치는 모습을 보자 왠지 불안해졌다.

"풋 아웃(Put Out)!"

바깥 세상의 마법은 아닌 듯했다. 그렇지만 효과는 대단했다.

슈아아아!

바람 빠지는 소리가 들리는 동시에 언데드에게 붙어 있던 불들이 꺼졌다. 천장에서 쏟아지는 물보라는 사방으로 쉬지 않고 뿌려댔다.

"또 몰려오는군."

마법을 쓰는 동안 잠시 쉬었던 맥슨이 몸을 일으켰다.

"윌리암, 얼려 버려라!"

알프레드가 소리쳤다. 나는 지체없이 마음을 가다듬었다.

"프리즈 올(Freeze All)!"

하얀 돌풍이 거울 속에서 휘몰아쳤다.

휘이이익!

굉장한 속도였다. 달려들던 언데드들이 앞으로 발걸음을 떼지 못할 정도의 강풍(强風)이었다. 하지만 나는 어떤 힘도 느끼지 못했다. 매번 감탄하게 만드는 '헤데지바의 거울'이었다. 원래 주인이던 드워프들조차 능력을 몰랐던 이 거울은 정말 대단한 보물이었다.

쩌어억!

쩌어억!

불을 끄기 위해 쏟아 부었던 물 때문인지 언데드들은 쉽게 하얀 가루를 묻히며 얼어버렸다. 내가 곧바로 반격을 하자 이를 지켜보던 하두카가 잠시 당황했다. 그는 이번에도 손을 하늘로 치켜들며 주문을 외우려 했다. 하지만.

"내가 먼저야!"

그 순간 나는 언데드들이 다시 살아나지 못하게 할 방법을 찾았다. 팔다리가 꺾여도 하두카의 주문으로 다시 일어나는 썩은 육체들이었다.

"스매쉬(Smash)!"

얼음을 일으키던 하얀 돌풍이 수십만 가닥의 가느다란 철사처럼 변해서 날아갔다.

슉! 슉! 슉!

쏜살같이 날아간 철사들이 얼어붙은 언데드들의 온몸을 파고들었다.

와르르르!

우수수수!

이미 얼어버린 언데드들은 비명조차 없었다. 그들의 육체는 철사가 파고들어 간 선(線)을 따라 매끄럽게 갈라졌다.

"으헉!"

하두카가 가슴을 부여잡았다.

"왜 저러지?"

"지금이다!"

알프레드는 거울 속에서 소리쳤다. 그는 때를 놓치지 않았다.

"윌리암, 나를 밖으로 불러!"

"엉."

알프레드는 거울에서 나오자마자 맥슨에게 지시했다. 아무래도 거울 안에서 무슨 일을 시키려면 답답한가 보다.

"맥슨."

"예!"

주먹을 꽉 쥐고 언데드들이 얼음으로 깨지는 것을 노려보던 맥슨이 달려왔다.

"윌리암을 데리고 저쪽으로 도망가라!"

"알았어요."

맥슨은 큰 스승의 지시가 떨어지자마자 내 손을 움켜잡았다. 그는 저만치 거리에 뚫려 있던 동굴로 달려갔다. 나하고 알프레드가 들어왔던 길이었다.

"하두카는 어떻게 된 거야?"

뒤를 돌아보며 나는 물었다.

"너 때문에 충격을 받았나 보다."

이곳을 지배하는 전령은 신의 능력은 아니더라도 인간보다는 강했다. 세상에 숨을 쉬고 있는 어떤 종족도 그를 이길 수는 없다. 하지만 나의 마법, 정확히는 거울의 마법이 그의 주문보다 조금 먼저 터져 나오며 한 점으로 모았던 정신을 흐트러뜨린 것 같았다.

"전능에 가까운 신의 전령도 약점이 있군."

"아무튼 지금이 도망칠 기회다."

맨 뒤에서 쫓아오던 알프레드의 영혼이 발걸음을 재촉했다.

"맥슨, 천천히 가!"

내가 헉헉거리며 말했다.

"나더러 또 죽으라고?"

맥슨다운 대답이다. 그가 살아 있다는 것을 확인한 한마디였다.

"멈춰라!"

쩌렁쩌렁한 음성이 동굴로 메아리쳤다.

"하두카다!"

"최대한 멀리 도망쳐야 한다."

우리는 있는 힘껏 달렸다. 조금만 더 가면 뱀파이어를 만났던 장소가 나올 것이다. 하지만 이곳 역시 하두카의 영역이었나.

쏴아아아!

앞쪽에서 거대한 폭포가 쏟아지는 소리가 들렸다.

"지하 세계에도 폭포가 있어?"

"들어올 때 못 봤는데."

나는 거울의 빛을 좀 더 올려보았다. 그러나 시커먼 벽만 보일 뿐이었다.

"꽤 가깝게 들리는데……."

맥슨이 귀를 기울이며 멈추었다.

"잠깐만!"

"왜 그래?"

"점점 소리가 커지고 있어."

"맥슨, 정말이냐?"

알프레드는 앞쪽으로 다가갔다.

"이쪽으로 오는 듯하다."

"맞아요. 우리 쪽으로 몰려오고 있어."

나는 정체 모를 물소리의 공격이 아니라 맥슨의 예민한 모습에 더욱 놀라고 있었다.

쏴아아악!

시간이 얼마 지나지 않아 천지가 깨질 듯한 엄청난 소리가 밀려왔다. 물소리는 바로 동굴의 모퉁이까지 도달해 있었다.

슈우우웅!

눈앞에 보이는 건 온통 까만 물줄기였다.

"엎드려!"

맥슨이 나를 품에 안으며 쓰러진 동시에 까만 물이 머리 위를 스치

듯 지나갔다.

쐐애애액—

그것은 검은 폭풍이었다. 동굴 속을 가득 메운 채 끝도 없이 쏟아져 나오는 것은 대단한 공포였다.

"도대체 뭐야?"

물의 덩어리가 아닌 것이 맥슨에게는 그나마 다행인 듯했다. 그의 눈길이 알프레드에게 머무는 것은 물 공포에 시달리는 아버지를 걱정한 배려가 틀림없었다.

"박쥐다!"

알프레드는 검은 물결이 자신의 몸을 통과하는 모습을 놀란 눈으로 바라보았다.

"으하하하하!"

검은 물결의 끝자락에는 저주스런 웃음이 걸려 있었다.

"그놈이다."

"드라큘라!"

나는 그제야 다시 한 번 알프레드의 걱정거리가 무엇인지 확실히 알고도 남았다. 그는 라이브 스톤이란 신의 징표가 사라진 이후의 위기를 미리부터 알고 있었던 것이다.

"저놈들이 말로만 듣던 흡혈귀들입니까?"

맥슨이 몸을 털고 일어서며 박쥐 떼가 붙어 있는 동굴의 벽을 노려보았다.

"후후후, 여기도 내 영역이라는 것을 알아야지."

하두카의 모습은 아직 보이지 않았지만 목소리만은 득의양양했다.

"저놈이 끝까지 포기를 안 하네요."

맥슨은 소리난 곳을 찾기 위해서 사방을 둘러보았다.

"처음부터 작정을 했으니 당연하지."

나는 알프레드를 바라보았다.

"그러게 뭐 하러 잘난 척을 해. 괜히 하두카에게 예쁘게 보여가지고 이런 고생을 사서 하냐고. 우리까지 피곤하게 말야."

"내가 그러고 싶어서 그랬냐?"

알프레드가 나를 흘겨보았다.

"큰 스승님이 어떻게 했는지는 모르지만 절대 예쁘지는 않을 것 같다."

"예뻐하니까 저렇지. 어차피 죽으면 여기 온다고 약속까지 철석같이 했는데 포기 못하고 저리 난리잖아."

"그게 사실이라면 여기 수준을 알 만하다. 저런 얼굴이 예쁘다니……."

맥슨이 말도 못 마치고 웃는다. 아무튼 우리 세 명이 다시 모인 것을 증명하고도 남는 대화였다. 그렇게 재회를 확인하는 중에 하두카의 음성이 또 들렸다.

"사리체누!"

"말씀하십시오."

벽에 박힌 것처럼 깊은 섬광이 수도 없이 반짝이는 무리 속에서 하얀 머리를 뒤로 바짝 넘긴 신사가 형체를 드러냈다. 기다란 이빨이 번득였다. 이곳을 통과할 때 보았던 뱀파이어의 족장이었다. 나가는 길에 그의 이름을 알게 된 것이다.

"죽여도 좋다."

"라이브 스톤이 없단 말씀이죠?"

"그런 건 나한테 묻지 않아도 돼!"

하두카가 짜증 섞인 음성을 허공으로 질렀다.

"죄송합니다."

사리체누가 몸을 숙여 두려움을 보였다. 하지만 신의 징표가 얼마나 대단한 것인지 알 수 있었다. 나는 맥슨의 가슴을 은근히 쳐다보았다.

"뭘 보냐?"

"라이브 스톤을 다시 꺼냈으면 좋겠다."

"뭐야? 나더러 죽으란 말이야?!"

맥슨이 깜짝 놀랐다.

"둘 다 그만 하고 정신 차려라!"

알프레드는 농담을 받지 않았다. 조금 전에 나와 맥슨의 장난도 아무런 대꾸 없이 그냥 넘겼던 것이다. 지금까지의 경험으로 보면 위기일 때 더 여유를 부리던 모습을 지금은 찾아볼 수도 없었다. 그만큼 사태가 심각했다.

"너희들을 그냥 보내면서 내가 얼마나 이를 갈았는지 모른다."

사리체누는 앞으로 한발 나왔다.

"내가 분명히 그랬을 텐데, 나올 때 이곳으로 올 테니 그 문제는 그때 풀자고 말이야. 그리고 나는 그 약속을 지키기 위해 여기에 와 있네."

"이 친구인가?"

알프레드가 옳은 말을 하자 사리체누가 말을 바꿔 맥슨을 쳐다보았다.

"그래, 우리가 살려온 맥슨이란 용사지."

"흥! 덩치만 크지 별로 힘은 없을 것 같군."

사리체누는 맥슨을 무시했다.

"저 이빨 긴 놈이 뭐라는 거야?"

"네 피가 맛있을 거래잖아."

"그래?"

맥슨이 내 장난을 의미심장하게 받아들였다.

"야! 이빨 긴 놈!"

"저, 저 곰탱이 같은 인간 놈이……!"

사리체누는 능글맞게 다가서는 맥슨을 어이없는 표정으로 바라보았다.

"곰탱이?"

"미련한 놈."

"후후후, 그래, 내가 참지."

맥슨이 어쩐 일로 곰탱이라는 말을 듣고 참는지 모를 일이었다.

"참지 않으면 어쩔 거지?"

사리체누가 조롱하듯 맥슨을 훑어보았다.

"뭘 그런 눈으로 나를 보나?"

"네놈 허풍이 우스워서 그러네."

"그러지 말고 우리 누구 피가 더 맛있는지 한번 붙어볼까?"

"뭐야? 객기만 있는 놈이구나."

맥슨의 의도를 알아차린 사리체누가 몸에 두르고 있던 망토를 활짝 펼쳤다.

〈4권으로 이어집니다〉